甘味屋十兵衛子守り剣

牧 秀彦

幻冬舎時代小説文庫

甘味屋十兵衛子守り剣

目次

第一章　白玉

一

十兵衛《じゆうべえ》の朝は早い。

仕込みを始めるのは、夜明け前。

国許《くにもと》では、日課の素振りに充てていた時間である。

まだ表が暗いうちから屋敷を抜け出し、日の出を待ちながら木刀を振るうのは楽ではなかったが、今の暮らしも気が抜けない。

寝ている二人を起こさぬため、戸を開けるときも音を立てないように気を遣う。

表通りに面した甘味屋は、小さいながらも二階建て。

裏の勝手口を出たところは、長屋が並ぶ路地になっている。

共用の井戸で水を汲《く》み、十兵衛は顔を洗う。

「おにいちゃん、おはよう！」

明るく声をかけてきたのは、長屋で暮らす顔馴染《なじ》みの男の子。家計を助けるためにしじみ売りをしているので、こちらも朝が早い。

「いつも早起きで感心だな、新太《しんた》」

「当ったり前だい。楽をしてたら、おあしは稼げないもん」

「その通りぞ。今日も一日、しっかり励めよ」

「ありがとう。おにいちゃんもがんばってねー！」

十兵衛に汲んでもらった水で洗顔と歯みがきを済ませた少年は、今朝も元気一杯に駆けていく。

潑剌《はつらつ》とした子どもは、いつ見ても気持ちがいい。

だが、見送る十兵衛の心境はいささか複雑。

「おにいちゃん……か」

優しげな目が憂いを帯びていた。

親しい少年に、何の悪気もないのは分かっている。

素直に感じたままを言っただけなのだろうが、無邪気な瞳には自分が若造にしか見えていないと思えば、余計に気が滅入《めい》ってしまう。

十兵衛は今年で二十七歳。目鼻立ちが整っていても険がなく、どちらかといえば童顔であるせいか、歳《とし》より若く見られがち。

身の丈は六尺に近く、引き締まった長身は胸板の張りもたくましい。月代《さかやき》を剃《そ》らず、伸ばした髪を頭の後ろで束ねている。手入れが行き届いた総髪《そうはつ》は不潔さを感じさせず、美男子ぶりを際立たせていた。

甘味屋のあるじらしい持ち味の親しみやすさと清潔感が、貫禄《かんろく》不足と見なされる原因になってしまうのは困りもの。

この界隈《かいわい》に住み着いて、早くも一年。

近所の人々は十兵衛に愛想がよい反面、誰も一家のあるじとは思っていない。

共に暮らす遥香《はるか》と智音《ともね》が妻子ではなく、訳ありで同居するに至ったことも早々に見抜かれている節があった。

これでは若く見られたところで、素直には喜べない。

溜《た》め息をつきつつ、十兵衛は勝手口の戸を開ける。

何はともあれ、今日もしっかり励んで稼ぐのみ。

「……よし！」

気合いを込め、十兵衛は台所に立つ。

草履《ぞうり》を脱ぎ、下駄《げた》に履き替える。

神棚に柏手《かしわで》を打ち、かまどに火を入れる。

手始めに取りかかったのは、あんこ作り。

昨夜からふやかしておいた小豆《あずき》を鍋に移し、水を足して一煮立ちさせる。

鍋に注ぐ水は、裏の井戸から汲んだものではない。

暮らしやすい土地にも、悩みどころはある。

十兵衛の場合は若造扱いされがちなのと、良水を確保するのが難しいこと。

大川《おおかわ》の東岸に拡《ひろ》がる本所と深川の一帯は、江戸に幕府が開かれ、埋め立て工事が行われるまで湾岸の湿地だったため、どうしても井戸水には塩気が混じる。十兵衛は大川の向こうから売りに来る、神田上水の余り水を樽《たる》ごと買い求めてはこまめに煮沸し、冷ましたのを日々の菓子作りに用いていた。

毎日面倒なことだが、美味《おい》しい菓子を作るのに良質な水は欠かせない。

客を喜ばせるためと思えば、手間暇を惜しまず働く甲斐《かい》もある。

鍋の小豆が、ふつふつと煮立ってきた。

煮汁を捨てて水を足し、繰り返しゆでこぼす。

忙しく立ち働きながら、十兵衛は目を輝かせていた。

「うん……いい按配《あんばい》だ」

気分が乗れば、つぶやく声も明るい。

菓子を作るのは、やはり楽しい。

こうして働いていれば、いつの間にか苛立《いらだ》ちは収まり、不安も失《う》せる。

浪人者の余技とも思えぬ手際の良さは、国許で身に付けたもの。

姓が小野《おの》で名が十兵衛と来れば、将軍家の剣術師範を仰せつかった一刀流と柳生《やぎゅう》流にかかわりがありそうだが、実家は武芸と無縁の台所方《だいどころかた》。支藩ながら加賀百万石に連なる大名に仕えて先祖代々、御食事係を務めている。

十兵衛は、そんな一族の末っ子だった。

家督を継ぐのも役目に就くのも求められない、気楽な立場なのを幸いに剣術修行に熱中する一方で、料理よりも菓子を作る腕をもっぱら磨いてきた。

単純に好きでやっていたことが、身を助けるとは思ってもみなかったが――。

二

表が明るくなった頃、十兵衛は仕込みを終えていた。

できあがった菓子を手際よく、きれいに拭いた重箱に移す。

おはぎにまんじゅう、練りようかん。

いずれも甘いこしあんをたっぷり使った、客に人気のものばかり。

ふんわりしたまんじゅうの皮にも、黒砂糖が練り込んである。

こしあんを作る前に取り分けた小豆でこしらえた、つぶあん入りの桜餅と柏餅もできあがっていた。

それぞれ別の重箱に詰めた菓子を、十兵衛は表に面した板の間に並べていく。

休む間もなく取りかかったのは、朝餉《あさげ》の支度。

あんこを練るのに使った鍋を片づけ、かまどに羽釜《はがま》をかける。

米はあらかじめ研ぎ、十分に水を吸わせてからざるに上げておいた。

かまどには焚《た》き口が二つ設けられている。

飯を炊きながら、十兵衛は味噌汁《みそしる》を作り始めた。

隣の焚き口に汁用の鍋をかけて湯を沸かし、昆布で出汁《だし》を取る。

刻み入れたのは青みも鮮やかな、かぶの葉っぱ。

再び沸騰し始める前に、袖をまくる。

手を突っ込んだのは、ぬかみそを仕込んだ壺《つぼ》。

高い鼻をゆがめつつ、十兵衛は壺の中をかき回す。

面倒な上に臭くてたまらないが、これも毎朝の仕込みと同様に欠かせぬこと。

離れた場所に並べた重箱には蓋もしてあるので、菓子に臭《にお》いが移る心配はない。

先ほど葉を落としたかぶの実を漬け込み、代わりに引っ張り出したのを手と一緒にざぶざぶ洗って、まな板に載せる。

包丁をコトコト動かす手付きは慣れたもの。

漬け物を刻み終えたのと同じ頃、飯は炊き上がった。

羽釜の蓋をずらし、余分な水分を逃がしてから蒸らしにかかる。

隣の鉄鍋に味噌をこし入れる前に、かまどの火を落とすのも忘れない。

飯と味噌汁の香りがふんわり漂う中、十兵衛は箱膳を三つ用意する。蓋を開けて飯碗《めしわん》に汁椀《しるわん》、そして小皿と、中に収められた食器を手際よく並べていく。

蒸れた飯をおひつに移し、味噌汁の鍋も部屋に持ってくる。

ホッと一息つき、十兵衛は天井を見上げた。

いつも朝餉の支度が整う頃には、遥香と智音も目を覚ます。

二階で洗顔を済ませられるように、母娘の枕元には水を満たした耳だらいをあらかじめ運んである。身支度もそろそろ終わり、食事をしに現れるはずだった。

程なく、階段のきしむ音が聞こえてきた。

先に姿を見せたのは、妙齢の美女。

手を引かれた女の子は、母親によく似ていた。

「おはようございます、十兵衛どの」

「おはようございまする、御前《ごぜん》さま」

遥香を「御前さま」と呼ぶのは御国《おくに》御前——主君の側室だった名残《なごり》。

黙ったままの智音にも一礼し、座敷に迎える。

台所の隣の畳の間には、すでに三つの膳が置かれていた。

母娘の膳が上座に並び、十兵衛の席は向かって右脇。

一家では主婦が座る場所だが、こうしたほうが給仕もしやすい。

二人が席に着くのを待って、十兵衛はしゃもじを握る。

炊きたての飯をよそい、鉄鍋から熱々の汁を注ぐ。

おかずは、刻んだかぶのぬか漬けのみ。

朝餉を一汁一菜、それも飯と味噌汁に漬け物だけで済ませるのは、庶民の暮らしでは当たり前。

しかし預かり者の母娘は、元を正せばやんごとなき身。

焼き魚どころか煮物の小鉢ひとつも添えられぬのは、国許で主君の寵愛《ちょうあい》を一身に集めていた遥香はもとより、その娘で乳母日傘《おんばひがさ》育ちの智音にも申し訳ない。

とはいえ、甘味屋の稼ぎで大名並みのぜいたくをさせるのは難しい。

「いただきまする」

遥香は今朝も文句ひとつ口にせず、謹んで箸を取る。

傍らにちょこんと座った智音も、取り立てて不満を漏らしはしない。

にもかかわらず十兵衛が心配なのは、少女の食が細いこと。

軽くよそった飯を三分の一も食べきれず、味噌汁も半分は残してしまう。かぶのぬか漬けに至っては口を付けもせず、ちょんちょん箸でつつくばかり。
「おやめなされ。お行儀が悪いですよ」
「はい」
遥香に注意された智音は素直にうなずき、いたずらを止《や》めて汁椀を取る。
母親の言うことは何でも聞くが、それで箸が進むわけではない。味噌汁にしても
ほんの一口、お義理にすすってくれたのみだった。
おかずが足りずに、飯が喉を通らぬわけではないらしい。
これまでにも奮発して卵焼きを焼いたり、あたたかい飯にごま塩をふりかけたり
といろいろ試みたが、何をやってもほとんど箸を付けてくれなかったからだ。
子どもは大人が思うほど量を食べぬもの、どうか甘やかさないでくだされと遥香
が言うので近頃は特別なことをするのを控えていたが、やはり心配である。
今年で九つになるのに、智音はせいぜい六つか七つにしか見えなかった。
十兵衛のように、童顔のせいで若く見られるのとは違う。
食が細い少女は背が伸びず、体つきもやせっぽち。
それでいて顔はふっくらしており、母親譲りのつぶらな瞳が愛くるしい。

健やかに成長してほしいものだが、どうすればいいのか分からない。
どんなきっかけを与えてやれば、しっかりご飯を食べてくれるのか。
国許を離れての暮らしが、実は不満なのだろうか――。
そんな不安に駆られずにはいられぬほど、智音は口数の少ない少女だった。
「今少し召し上がりませぬか、智音さま」
「いらない」
素っ気なく答えるや、そっぽを向く。
今朝に限ったことではない。
どんなに優しく語りかけても態度は硬く、いつも返されるのは一言か二言のみ。
なぜ、打ち解けてはくれぬのか。
もっと親しく接し、慈しんで育てたい。
されど、無理強いは禁物だった。
智音は大名の血を引く身。
母の遥香が側室として主君の寵愛を一身に集め、生を受けた娘であった。
妾腹《しょうふく》の生まれとはいえ、十兵衛にとっては敬うべき存在。

父親代わりになりたいとは、口が裂けても言えなかった。

三

朝餉の片づけを済ませた十兵衛は、早々にのれんを出す。

すでに陽《ひ》は高い。

初夏の江戸は、吹く風も爽やかそのもの。

緑風にひるがえるのれんに染め抜かれた、白い三文字は笑福堂《しょうふくどう》。

十兵衛が店を構えるにあたって、貸家の地主が考えてくれた屋号である。

世をはばかる立場の脱藩浪人のため、剣と菓子作りの腕に覚えがあっても働き口を得られずにいたのを見かねて、自分が名義を貸すので甘味屋を開けばいいとすすめてくれたのも、その地主だった。

本所の押上村《おしあげむら》に大きな屋敷を構える地主は、世間の信用も十分。空いていた貸家に住んでもらい、大家を介して店賃《たなちん》を納めてくれるだけで有難いと言って、月々の名義代も微々たる額しか受け取らない。

恩に報いるためにも、商いを盛り上げねばなるまいと十兵衛は思う。

考えるところは、遥香も同じ。

今日も甲斐甲斐しく前かけを締め、店に出てきた。

「さぁ十兵衛どの、張り切って参りましょう！」

両の拳を握って微笑《ほほえ》む姿は可憐《かれん》そのもの。

十兵衛と同じく童顔なので、とても三歳上には見えない。

「よしなにお頼み申しますぞ、御前さま……いえ、おはるさん」

きりっと表情を引き締め、十兵衛は答える。

店を開けている間だけ、二人の関係は逆転する。

国許では藩士の息子、しかも主君への目通りも許されぬ部屋住みの末っ子だった十兵衛も、今の立場は甘味屋のあるじ。

そして遥香は、看板娘の役どころだ。

強いて頼み込んだわけではない。自ら志願してのことだった。

かつての立場の違いを思えば申し訳ない限りだが、何もせずに匿《かくま》ってもらうのは心苦しいと訴えられては断りきれず、試しに店に出したところ大評判。本名の遥香をもじって「おはる」と名乗った彼女を目当てに、常連になった男たちが毎日足を運んでくる。

今日も馴染みの顔ぶれが、朝一番でやって来た。

「よっ、お早うさん！」

声を揃《そろ》えて挨拶したのは近くの河岸《かし》で働く、荷揚げ人足の竹吉《たけきち》と梅次《うめじ》。

後に続き、サッとのれんを割ったのは兄貴分の松三《まつぞう》。

いつも揃って現れる、笑福堂のお馴染みさんだ。

「おいでなさいまし。いつもありがとうございます」

しとやかな笑みを返し、遥香は三人を席に案内する。

十兵衛が住まいと兼用で借りた仕舞屋《しもたや》には、以前は剣術遣いの若い浪人者が独りで暮らしていたという。

間口がそれほど広くない、いわゆる鰻《うなぎ》の寝床の造り。

一階には細くて長い、通り庭式の土間が奥の台所まで通じている。

この土間に沿って、板の間が二つに畳敷きの座敷が一つ、合わせて三つの部屋が縦に並ぶ。

ちなみに十兵衛たちが朝餉を食べたのが台所寄りの座敷で、入口近くの二部屋が商い専用の場所となっていた。

手前の板の間に重箱入りの菓子を並べ、表の通りからものれん越しに見えるようにする一方、中《なか》の間で菓子と茶を楽しんでもらうのだ。

店の前には小さな床机《しょうぎ》が置いてあり、履き物を脱いでくつろぐ暇のない客がサッと座ってパッと食べられるのもありがたい。

そんな客たちに注文された菓子を供し、茶を汲むのが遥香の役目。

煎茶の二杯や三杯は無料《ただ》で出したところで、客が呼べるなら安いもの。おまけに可憐な美女の笑顔が拝めるとなれば、男たちは喜んで金を落としてくれる。

いつも朝飯代わりに菓子を食べていく三人組も、気前のいい連中だった。

むろん下心があってのことだが、それも微笑ましいものである。

年増《としま》でも若々しく、ついつい「ちゃん」付けで呼びたくなってしまう遥香に菓子と茶を運んでもらい、おしゃべりをするだけで癒される。

世知辛い暮らしの中で、そんな一時を持つことを男たちは楽しんでいた。

どこか浮世離れしている理由も、旗本屋敷辺りで長らく奥勤めでもしていたから世間知らずなだけだろうと勝手に解釈して誰も不審に思わず、彼女の優雅な立ち居振る舞いをむしろ喜んで眺めている。

そんな笑福堂の常連たちの中で、松三は目立って口数が少ない。

いつも遥香に気楽に話しかける弟分の二人と違って、寡黙で純な男なのである。

それでいて、寄せる関心は人一倍強かった。

「おはるちゃん、おはぎを一つ頼まぁ」

「俺はようかんを二切れだ。いちばん甘いとこを選んでおくれ」

「承知しました」

竹吉と梅次に笑顔で答え、遥香は松三に向き直る。

「今朝は何にいたしましょうか、松三さん」

「……なんでもいい……お、お前さんに任せるよ」

つっかえながら告げる松三は六尺豊かな、渋みを漂わせる四十男。

十兵衛より上背があるだけでなく、体つきも相撲取り並の巨漢である。

見た目の通り、度胸と腕っぷしの強さは人一倍。界隈の河岸を稼ぎ場とする人足仲間で逆らう者は誰もいない。

そんな強面《こわもて》のお兄《あに》いさんが、おはること遥香の前では恥ずかしげに面を伏せ、ろくに目も合わせられぬとは可愛《かわい》いものだが、弟分の二人は歯がゆい限り。松三の恋を後押しすべく、今朝も横から口を出さずにいられない。

「しっかりしなせぇよ、兄い」

「そうですぜ。今日こそ腹ぁ据えて、気持ちを伝えるんじゃねーんですかい？」

遥香が席を離れた隙を狙って、竹吉と梅次は耳許《みみもと》でささやきかける。

舎弟の若い衆にとって、松三は兄貴分と仰ぐに申し分のない男。

純情なところも含めて好もしかったが、女房にしたいとまで想《おも》っていながら一年も告白できずにいるのを横から見ていれば、さすがにしびれが切れる。

そろそろ行動に出るべきなのは、当の松三も承知の上。

竹吉と梅次が期待を込めて見守る中、肩越しに視線を巡らせる。

男臭い顔の中で可愛らしい小さな目を凝らし、熱い視線を送る先には、せっせと松三のために菓子を皿に盛りつけていく遥香の姿。

十兵衛は台所に立ち、追加の菓子を作るのに忙しい。

あちらも童顔なので兄か弟かは分からぬが、亭主と違うのは態度で分かる。当人は夫らしく振る舞っているつもりでいても、貫禄がないからだ。

美男でも、嫉妬するには及ぶまい。そう思えばこそ常連の男たちは安心し、遥香の接客と菓子を楽しむことができていた。

程なく、店の中は混み合ってきた。

こういうときはだらだら長居せず、進んで席を空けるのが江戸っ子の習い。

結局、松三は今朝も告白できずじまい。

これから日が暮れるまで、河岸で荷揚げに励まなくてはならない。仕事を終えた後は弟分たちを呑《の》みに連れて行かねばならず、その時分には笑福堂は開いていないとなれば、また明日、出直すより他になかった。

「ごちそうさん、おはるちゃん」

「おかげさんで目がスッキリ覚めたぜ。やっぱり朝は甘いもんに限るなぁ」

お代の銭を置き、竹吉と梅次は立ち上がる。

「大丈夫ですかい、兄い？」

竹吉が心配そうに視線を向ける。

二人に続いて腰を上げた松三は、小さな目を白黒させていた。

今朝も遥香がすべての菓子を一つずつ皿に盛りつけ、おすすめですと運んできたからである。

大名家の奥で長らく暮らしてきた彼女にしてみれば、当然のことだった。将軍家の行事に倣《なら》い、毎年六月十六日に大名や旗本が家臣に菓子を振る舞う嘉祥《かじょう》の儀をはじめ、殿中で客に甘味を振る舞うときは色とりどりに、さまざまなものを揃えるのが礼儀というもの。

国許で奥女中として殿中へ奉公に上がり、主君に見初められて側室となった遥香の常識に照らせば、大事なお客に菓子一つとは失礼なこと。相手が望めば言われた通りにもするが、店の客が一つ二つずつしか注文しないのをいつも不思議に思っている。

武家の奥向きの常識しか知らずにいる遥香にしてみれば、松三がすべて任せると言ってくれるのはありがたい。いつも喜び勇んで菓子を山と盛りつけ、満面の笑みで供するのも当然だった。

松三にしてみれば、笑顔で運んでくるのを突っ返せるはずもない。恋しい女の気を惹《ひ》きたい一念で、毎度残さず平らげるしかなかった。

もとより甘味は苦手だったが、これも惚《ほ》れた弱みである。

「う……美味《うま》かったぜ。また明日……な」

「ありがとうございました。お待ちしておりますね」

胸焼けをこらえながら仕事場へ向かう松三と、心配そうに付き添う弟分の二人を遥香は明るく送り出す。

のれんを割って頭を下げるしぐさは、今朝もしとやかそのもの。

これでは松三ならずとも、男たちが入れ込みたくなるのは無理もない。

「ああ、いい風ですこと……」

張りのある頬に風を感じ、遥香は微笑む。

大川の広い川面《かわも》を吹き渡ってくる風は、いつも涼を運んでくれる。

笑福堂がある深川元町《もとまち》は、大川に架かる新大橋の東詰め。幕府の御籾蔵《おもみぐら》と紀州藩の拝領屋敷に挟まれた、ほんの小さな町人地。

深川でも本所寄りの閑静な地で、貸家を紹介された当初は花のお江戸らしからぬ鄙《ひな》びた雰囲気に遥香も面食らったが、隠れ住むには都合がいい。

深川元町は神明宮《しんめいぐう》のお膝元ながら騒がしくはなく、本所の回向院《えこういん》や一ツ目弁天といった近隣の盛り場からも微妙に距離がある。

それでいて目の前には大川が、すぐ左手に江戸でも有数の運河である小名木川《おなぎがわ》が流れており、日中は荷船の往来が絶えないため、川沿いの河岸で働く荷揚げ人足や船頭が立ち寄って飲み食いをする店は、どこも繁盛していた。

そんな土地柄もあって、新参者の十兵衛が営む甘味屋にも、そこそこ客が付いてくれている。

静かで暮らしやすく、商いも成り立つとなれば、国許から差し向けられる刺客の目を避けつつ暮らす身にとっては、願ったり叶《かな》ったり。

とはいえ、最初から上手《うま》くいったわけではない。

一年前に店を構えた当初は作った菓子のほとんどを余らせてしまい、飯代わりに食べざるを得ずに往生する日々の繰り返しだった。

その頃の十兵衛は勝手が分からず、国許では殿中の行事や茶席で供される、古《いにしえ》の伝統を踏まえた御前菓子ばかり作っていたからである。

こんな代物が土地の者に受けるはずもありません、もっと親しみやすいお菓子を置きなさいと意見してくれたのは、本所の地主。

それからの十兵衛は客受けのいい餅とあんこを使った菓子だけ作り、確実に売りさばくことのみを心がけて、日々の商いに励んできた。

国許で学んだ技のほとんどを封印した今も、菓子を作ること自体は楽しい。

これでいいのだ。

代々の台所方の家に生まれたとはいえ、自分は末っ子。

家伝の技を後の世まで伝える責など最初から担っていないし、どのみち国許には生涯戻れぬ身なのである。

心苦しくないと言えば嘘《うそ》になる。

家族の信頼を裏切ったのは、返す返すも申し訳ない限り。

小野家から罪人が、しかも主君の愛する側室と娘を連れて脱藩した痴《し》れ者が出たとあっては、父も兄たちも今頃は世間に顔向けできずにいるはず。

だが、すべてはやむなきこと。

もしも自分が助けなければ、遥香も智音も命を落としていたのだ。

これから先も護《まも》り抜こうと誓った母娘と共に、江戸に居着いて早くも一年。二人のためには戦うことも大事だが、まずは食わせていかねばならない。

生計を立てる唯一の手段は、習い覚えた菓子作りの腕。

ありふれていても客に喜ばれるものだけ作り、稼ぐことに徹するのみ。

今の自分は甘味屋十兵衛。

江戸の下町で菓子を作って銭を稼ぎ、寄る辺なき母娘の身を、人知れず護るために生きる身なのだ――。

そんな十兵衛の許に思わぬ注文が舞い込んだのは、ある五月《さつき》晴れの穏やかな日のことだった。

四

「御免」

昼下がりの笑福堂を訪ねてきたのは、武骨な中年男。

齢《とし》は、四十になるかならぬかといったところ。

五尺そこそこの短軀《たんく》に木綿の羽織と袴《はかま》を着け、大小の二刀を帯びている。持ち主と同様に拵《こしら》えこそ地味なものだが、手入れが行き届いていて、鍔《つば》にも目貫《めぬき》にも錆《さ》びひとつ見当たらない。

折しも十兵衛は台所に立ち、智音のために菓子を作っていた。

客足が絶えて手が空《す》くたびに、いつもやっていることである。

まだ与えたことのないものの中から選んだのは、肥後《ひご》名菓の朝鮮飴《あめ》。

余ったもち粉に水と黒砂糖を加えて混ぜ、弱火でじっくり熱して練り上げたのが冷めるのを待って、いよいよ切り分け始めたばかりだった。

初めて店を訪れた男はいかつい外見と同様に、物腰も重々しい。

「どうぞお上がりなされませ」

「失礼いたす……」

笑顔で迎えた遥香に対し、にこりともせずに雪駄《せった》を脱ぐ。

無愛想そのものだが、礼儀を知らぬわけではない。

板の間に腰を下ろすときにも、背筋は真っすぐに伸ばしたまま。

座っても膝を崩さず、茶を運んだ遥香に目礼を返すしぐさも折り目正しい。

「何を差し上げましょうか、お武家様」

「不調法ゆえ、菓子は食さぬ……」

いかめしい表情を崩すことなく、男は言った。

「本日はご亭主に相談があって罷《まか》り越した。急に押しかけて相済まぬが、ちと話をさせてはもらえぬか」

「し、しばしお待ちくださいませ」

遥香は慌てて台所に駆けていく。

「何のご用でありましょうか、十兵衛どの……」

声を低めて語りかけつつ、遥香は可憐な顔を強張《こわば》らせていた。

あの武骨な男は、国許から差し向けられた刺客かもしれない。

台所から様子をうかがっていた十兵衛も、思うところは同じだった。

お国言葉を口にしないからといって江戸の侍とは限らぬし、いつも客足が絶える昼下がりの一時を狙い澄ましたかの如《ごと》く現れたのが、いかにも怪しい。

「階上《うえ》にお出《い》でになっていてくだされ。拙者がお呼びいたすまで、降りて参られてはなりませぬぞ」

「……はい」

遥香は言葉少なにうなずき返す。

智音は昼食を済ませ、二階で午睡《ごすい》を取っている。何事もなければいいが、もしものときには起こして連れ出さなくてはならない。

そして十兵衛の役目は、相手の正体が刺客ならば倒すこと。

近所の手前もあるだけに、できるだけ騒ぎは起こしたくなかった。

しかし、刃を向けられたときは戦わざるを得まい。

前掛けを外しながら、十兵衛は背中越しに視線を巡らせる。

男は静かに茶を喫していた。

相変わらず背筋は形良く伸ばしたままで、膝も崩していない。

礼儀正しい姿は、形だけのものとは違う。

武士が子どもの頃から学ばされる所作は、敵対動作としても隙が無い。

一挙一動から無駄が省かれ、向き合う相手がいつ敵となって襲いかかってきても対処できるように、あらかじめ想定されていた。

武芸の腕を買われて主家に仕える者だけが、仕込まれることではない。

すべての武士は、あるじの楯《たて》となる責を担っている。

ふだんは荒事と無縁の役目に就いていても、いざとなれば刀を抜き、鑓《やり》を取って戦わねばならぬ以上、異変への備えは必須。

代々の台所方の家に生まれた十兵衛も、例外ではなかった。

「お待たせいたしました、手前があるじにございます」

板の間にひざまずき、座礼をする。

自ら望んで熱中していた剣術修行とは関係なく、父と兄たちに厳しく躾《しつ》けられて身に付けた立ち居振る舞いは、市井《しせい》で暮らす今も変わらない。

すぐに立ち上がれるように両足を揃えた上で、膝の間を開けている。

相手が跳びかかってくれば、尻の下のつま先を即座に立てて応じるのだ。

頭を下げるとき床につく両の手も、膝の前から中心に、警戒しながら寄せていくのを忘れない。

「石田甚平《いしだじんぺい》にござる」

隙の無い挨拶を受け、男も慇懃《いんぎん》に一礼する。

油断をしていないのは、こちらも同じ。

告げる口調は、遥香と接したときにも増して重々しい。

「亭主殿、名は」

「十兵衛と申します」

「まずは面を上げられよ、十兵衛殿」

「恐れ入りまする……」

十兵衛は慎重に、体と視線を起こしていく。

対する甚平は相変わらず、いかめしい表情を崩さずにいた。

背筋を伸ばして座った姿はもとより、目の配りにも油断がない。

それでいて、こちらに危害を加えようとする気配は感じさせなかった。

座るときに腰から抜いた刀は作法通り、右膝の横に置かれている。帯びたままの脇差にも、手を伸ばす様子は無い。

続いて示した態度も、十兵衛を安心させるものだった。

「これは……」

供した小皿を一目見たとたん、甚平は驚きの表情を浮かべた。

菓子が苦手であっても飴ならば口にしてもらえるのではないかと判じ、智音に与えるぶんを除いて盛ってきた、できたての朝鮮飴だ。

「お召し上がりになられたことがありますのか？」

「いや……見るのも初めてじゃ。ご内儀にも言うたが甘味は好かぬのでな、すまぬが下げてもらおうか」

早々に表情を引き締め、甚平は渋い顔でつぶやく。

この男、どうやら熊本の出であるらしい。

本場の肥後熊本で古くから作られてきた朝鮮飴はすべて藩に買い上げられ、藩主の細川氏から朝廷と幕府、そして諸大名家に献上される名菓。御用品のため領民が口にすることは許されず、藩士も相伴《しょうばん》に与《あずか》れる折は皆無であるという。

その熊本の藩士であれば、甘味そのものには興味が無くても、目を惹かれるのは当たり前。御用品と思えば恐れ多く、手を出せぬのもうなずける。

いずれにしても、国許から遥香と智音の命を狙って差し向けられた、刺客の仲間とは違うと見なしていいだろう。

「ご用向きをうかがってもよろしゅうございますか、石田様」

「うむ、そのことなのだが、な……」

甚平は言いよどんだ。

刺客である疑いこそ薄くなったが、まだ気は抜いてはなるまい。

黙ったまま、十兵衛は次の言葉を待つ。

しばしの後、甚平は重い口を開いた。

「十兵衛殿……おぬしは代々、前田侯ゆかりのご家中にて台所方を務めし小野家の出であるそうだの」

思わぬことを聞いてくるものである。

「……いずこにて、お聞き及びになりましたのか」

平静を装いつつ、十兵衛は問い返す。

返されたのは、おおむね予想通りの答えだった。

「押上村に住まいし隠居じゃ。今は故あって市井に暮らせし身なれど、腕前は並々ならぬものと太鼓判を押されての……。わが殿の御為《おんため》に菓子を作ってもらいたく、頼みに参った次第ぞ」

「左様にございましたか……」

読みが良い方向に当たり、十兵衛はホッとした。

本所の地主がこちらの素性を明かし、店の場所まで教えたのは、石田甚平が信頼に値する人物なればこそに違いあるまい。

まして用向きが菓子の注文ならば、断る理由はない。

「おぬしを見込んで、ぜひとも腕を振るうてもらいたいのじゃ。引き受けてくれるであろうな？」

安堵《あんど》した面持ちの十兵衛に対し、問いかける甚平の口調は切実だった。

いかめしい顔が緊張の余り、カチカチになっている。

「もとより否やはありませぬ。何なりとお申し付けくださいませ」

明るく答えながらも、十兵衛は不思議に思った。

菓子を注文するだけのことで、ここまで気を張るには及ぶまい。

こちらも商いでやっている以上、頼まれれば求めに応じるのは当たり前。

まして評判を聞いてきたと言われたからには、できる限りの力を尽くしたい。

だが、それも相手によりけりである。

甚平が仕える人物の名を明かしたとたん、十兵衛は唖然《あぜん》とした。

「い……岩井《いわい》の殿様にござるか!?」

ふだんは人前で使わぬ武家言葉が出てしまったのも、驚いた余りのこと。

それほどまでに、厄介な相手だったのだ。

「武士に二言はあるまいぞ。十兵衛殿っ」

詰め寄る甚平は必死そのもの。

先程までの重々しい態度はどこへやら、平身低頭で懇願する。

「おぬしに断られたならば、拙者はお役御免にされてしまうのだ！　再び浪々の身となりて、妻と子を路頭に迷わせとうはない!!　この通りじゃっ」

「お顔を上げてくだされ、石田様……」

なだめながらも、十兵衛は複雑な想いだった。

甚平が仕える岩井信義《のぶよし》は、当年七十歳の直参《じきさん》旗本。

今は職を退いた無役の身だが、つい先頃までは御側御用取次《おそばごようとりつぎ》として将軍の側近を長らく務めて信頼も厚く、諸大名も遠慮の多かった幕閣の大物。その知恵と人脈を頼り、現役の老中や若年寄が屋敷を訪れることもしばしばという。

この岩井信義、いささか困った趣向がある。

金や女に執着するわけではない。

信義は無類の甘味好きで、若い頃に赴任していた京大坂を皮切りに、諸国の名菓を味わい尽くした身。五十を過ぎて御側御用取次の職に就いた後は自ら取り寄せるまでもなく、将軍への口利きを望む大名たちがこぞって献上してくれたため、長きに亘《わた》った在任中に、菓子を見る目と舌を大いに肥やしたと評判だった。

他ならぬ十兵衛も三年前に主君の命を受け、献上品を手がけた覚えがある。

そのことを、岩井家に用人として仕官したての甚平は知らぬらしい。

分かっていれば、わざわざ訪ねて来るまい。

あの折の菓子の評判さえ良ければ、十兵衛は早々に御菓子係に登用され、遥香と智音の事件に巻き込まれて脱藩することもなかったはず。

こんなものが食えるかと信義から突っ返され、主君に恥を掻《か》かせてしまったために出世の機を失い、部屋住みのまま過ごすことを余儀なくされたのだ。

つまり、信義は十兵衛の運命を変えた張本人。

相手が引退した後も権力を有する大物であり、元はと言えば己の力不足が原因と分かっていても、いい気はしない。

そんな胸の内など知るはずもない甚平は、ひたすら食い下がる。

「和泉《いずみ》屋にも断られ、おぬしのみが頼りなのだ。頼むっ」

「お止めくだされ」

肩に手を掛け、十兵衛は甚平を抱え起こす。

「申し訳なきことなれど、お役には立ちとうありませぬ」

「うぬ、愚弄《ぐろう》いたすか！」

たちまち甚平はカッとなった。

「言うに事欠いて、拙者の役に立ちたくないとは何事じゃ！　ようやっと得た仕官の口を、うぬが如き若造のせいで失《うしの》うてなるものかっ！」

「言葉のあやにござる。落ち着いてくだされ」

十兵衛は慌てて言いつくろう。

どうやら誤解させてしまったらしい。

信義のことを相手にしたくないだけで、代理として差し向けられただけの甚平に恨みも何もありはしなかった。見た目以上の武骨者で、菓子に何の興味も無さそうなのに面倒な用を命じられ、むしろ気の毒とさえ思える。

「ご無礼は幾重にもお詫《わ》び申し上げます。どうか、お引き取りを……」

膝立ちになって詰め寄るのを、十兵衛は押しとどめる。

だが、頭に血が上っていては聞く耳など持ちはしない。

「あくまで引き受けぬと申すならば、痛め付けてでも連れて参る！　観念せいっ」

告げるや否や、甚平は立ち上がった。

とっさに十兵衛は跳び退《すさ》る。

重たい鉄拳を僅差で見切り、上がりかまちに降り立つ。

後を追い、仕掛けてきたのは足払い。

甚平は身の丈こそ低いが、重心が安定している。

十兵衛を転倒させるべく振るった足は、丸太の如く頑丈そのもの。

さっとかわしたところに、すかさず甚平は前蹴りを見舞う。足払いを避けるのを見越した上の攻めだった。

「くっ！」

十兵衛はその場跳びで飛翔した。

裸足のまま土間に逃れていなければ、一撃の下に悶絶《もんぜつ》させられていただろう。

迅速にして力強い攻めは、十兵衛との体格差を補って余りある、馬力と跳躍力の為《な》せる業だった。

これほどの手練《てだれ》ならば、不景気続きの昨今に浪々の身から仕官を果たしたというのもうなずける。

あるじの屋敷内を取り仕切り、外部との交渉事を任される、用人としての適性はともかく、警固《けいご》役にはうってつけの腕利きと言っていい。

いつまでも逃げ回ってはいられない。

十兵衛は刀を捨てて久しい身。

刺客以外に腕を振るうのは避けたかったが、やむを得まい。

「石田様、御免っ」

一声告げると同時に、前へ飛び出す。

「うぬっ」

後れを取るまいと、甚平が右の手刀《しゅとう》を振りかざす。

怒っていても、刀まで抜きはしない。言うことを聞かぬ十兵衛を失神させて屋敷まで連行し、あるじの信義のために菓子を作らせるのが甚平の目的だからだ。

屋敷出入りの老舗《しにせ》に断られ、最後の頼みの綱と見込んで尋ね当てた十兵衛まで役立たずにしてしまえば、自分が腹を切らされてしまう。

用人とは名ばかりの小間使いで、浪人あがりの雇われ者にすぎない立場を馬鹿にされたことはひとまず辛抱し、腕に覚えの一撃で悶絶させるのみ。

六尺近い長身で鍛えられた体をしていれば、まさか死にはしないだろう。

しばらく大人《おとな》しくなってくれれば、それでいい――。

うなりを上げて、手刀が振り下ろされる。

頭上に迫った刹那、十兵衛《き》が右腕をつかんだ。

そのまま手首の関節を極め、ひねりを加える。

「うわっ!?」

驚愕《きょうがく》の叫びと共に、甚平の体が回転した。

体《たい》の軸を瞬時に崩され、踏ん張る間もなく投げ飛ばしたのだ。

体格と腕力だけで、為し得ることではない。

理に適《かな》った体のさばきが、正しく身に付いていなくては、こうも鮮やかに技を決めることなどできぬはず。

土間に転がった体を慌てて起こし、甚平は十兵衛を見上げる。

信じられないものを見た。そう言いたげな面持ちだった。

「うなぁ（おのれは）……肥後流じゃったか？」

江戸に居着いてから忘れて久しいお国言葉が思わず口をついて出たのは、十兵衛が会得している流派を見抜いた、驚きの余りのこと。

甚平の生国は、肥後人吉《ひとよし》の相良《さがら》藩。

戦国の昔に新陰流四天王と呼ばれた丸目蔵人佐長恵《まるめくらんどのすけながよし》が、大陸から渡来した拳法の技を加えた、タイ捨《しゃ》流の本場である。

そして肥後流は細川氏が代々治める、隣国の熊本藩に根付いた居合の流派。伝承したのは国学者としても著名な、藩士の井澤長秀《いざわながひで》。

母体の関口《せきぐち》流は、戦国乱世の居合の祖である林崎甚助重信《はやしざきじんすけしげのぶ》に師事した関口氏心《うじたか》が柔術を交えて興した総合武術。

江戸在勤だった長秀は、関口流の門下から出た澁川伴五郎《しぶかわばんごろう》に抜刀術《いあい》を学んで国許に伝え、享保《きょうほう》十五年（一七三〇）の没後も藩士の間に広まって関口流抜刀術、または肥後流居合と呼ばれるに至った。

剣と柔術の技を融合し、得物を小手先ではなく体全体でさばく肥後流では、古の熊本を治めた加藤清正《かとうきよまさ》の許《もと》で量産され、長らく絶えていたのが新々刀として再び出回り始めた、剛剣の同田貫《どうたぬき》が好んで用いられる。

技も得物も九州の荒武者にふさわしく、乱世の威風を受け継ぐ格闘剣術のタイ捨流を学び修めた甚平も一目置かざるを得ない居合の名流を、どうして加賀百万石の支藩で生まれ育った十兵衛が知っているのか。

その答えは、当人の口から明かされた。

「わが師は当家に長らく寄宿し、天寿を全うなされし旅の兵法者……ご姓名は明かさずじまいにござったが、石田様の球磨《くま》弁とはまた違う、肥後のお国言葉を使うておられました。朝鮮飴の製法を教えてくださったのも、その先生にござる」

「左様であったのか……それにしても奥伝《おくでん》まで授かるとは、おぬし、よほど修行を積んだのだなぁ」

感服した様子で甚平はつぶやく。

十兵衛に対する敵意は、すでに失せていた。

右手首を極め、抵抗する間も与えず投げ飛ばした技は肥後流を初伝《しょ》、中伝《ちゅう》と順を追って学び修め、皆伝者に奥伝として小太刀の術ともども伝授される「懐剣之形《かいけんのかた》」一本目の応用形。

丸腰の十兵衛は投げ倒すのみにとどめたが、本来は鎧《よろい》武者が合戦場で右腰に携行する馬手差《めてざし》を用い、倒した相手の手首を極めたまま刺す技である。

小野十兵衛、ただ者ではない。

体格こそ恵まれていても、武士とは名ばかり。

そう見なしたのは、大きな誤算。

刀を捨てて甘味屋を営む輩《やから》など腕ずくでどうにでもなると軽んじた、甚平の完敗であった。

かくなる上は、四の五の御託《ごたく》を並べ立てても始まるまい。

「騒がせてしもうて申し訳ない……失礼いたす」

深々と一礼し、甚平は踵《きびす》を返す。

その背に向かって、十兵衛は言った。

「お待ちくだされ、石田様」

「……何用か」

甚平は怪訝《けげん》そうに振り返る。

悪いことをしたとは思うが、文句を言うのは勘弁してほしい。

役目を果たせぬまま屋敷に戻れば、甚平はお咎《とが》めを受けることになる。先輩風を吹かせる上格の用人たちからネチネチ説教されるだけで済めばまだマシだが、信義の勘気に触れればお役御免にされかねない。そこまで覚悟の上で退散するのだから、そっとしておいてほしかった。

そんな甚平の気も知らず、十兵衛は言葉を続ける。

「お引き取りになられる前に、誤解を解かせていただきとう存じます」

「誤解とな」

戸惑う甚平が耳にしたのは、誠意のこもった一言。

「拙者がお役に立ちとうないと申し上げましたのは、畏《おそ》れながら岩井の殿様に対し奉っての儀にござる。ご臣下たる石田様のお耳に入れるは不敬に当たりましょうが故あってのことなれば、何卒ご容赦くだされ」

臆せず告げる、十兵衛の目は澄んでいた。

美男でありながら少年を思わせる童顔は、穏やかそのもの。

先程までの戦いぶりから一転し、落ち着きを取り戻した上で、心の底から詫びてくれている様子だった。

大変な誤解をしていたらしい。

浪人あがりで慣れぬ役目に苦労させられる甚平のことを、十兵衛は最初から軽んじてなどいなかったのだ。

先程までの争いはすべて、己の劣等感が招いたこと。

気付いたとたん、甚平はいかつい顔を赤らめずにいられなかった。

あるじの悪口を言われていながら怒らぬのは家臣失格かもしれないが、故あってのことと前置きされた以上、何か子細があるのだろう。

ともあれ、こちらの不明を咎めぬばかりか、逆に詫びてくれた十兵衛の誠意に今は感謝すべきだった。

それにしても、信義との間に何があったというのか——。

頭をもたげた疑問を封じるかの如く、十兵衛は思わぬ話を持ちかけてきた。

「ご無礼のお詫びついでと申しましては何ですが、改めて石田様のお役に立たせてはいただけませせぬか」

「拙者の役に……とな？」

「お話を引き受けます故、改めて子細をお聞かせくだされ」

「腕を振るうてくれると申すのか⁉」

「はい。未熟なれど、持てる力を余さず出し尽くしとう存じます」

「か、かたじけない」

安堵の余りにわななく甚平は、微笑む十兵衛の真意を知らない。

五

いつも十兵衛は階下の座敷に布団を敷き、夜は独りで休む。

その夜も小豆を水にひたし、翌朝の仕込みの段取りを付けて早々に床に就く。

すでに遥香は二階で眠っていた。

智音も同じ布団に入り、すぅすぅ寝息を立てている。

母親にべったり甘えきりの少女も、十兵衛には相変わらず手厳しい。

夕餉《ゆうげ》の後にすすめた朝鮮飴は不評だった。

一度は口にしたものの、すぐに吐き出し、

「かたい。はがいたくなる」

と言い捨てたきり、二度と舐《な》めてはくれなかった。

いつもの十兵衛ならば落胆し、今度は何をこしらえたら気に入ってもらえるのか見当もつかぬまま、眠れずに鬱々《うつうつ》としていただろう。

だが、今宵《こよい》は落ち込んでなどいない。

目が冴えている理由も、智音に懐いてもらえぬのを悩んでのこととは違う。

岩井信義のためにこしらえる菓子のことで、頭は一杯。

(さて、どうしたものか……)

相手は諸国の名菓を堪能し尽くし、菓子三昧で知られた大物。

ただでさえ味にうるさいだけに、十兵衛に託された役目は難しい。

しかも信義は近頃怒りっぽくなった上に食が細く、贅《ぜい》を尽くした料理をほとんど残してしまうばかりか、目がないはずだった菓子にも手を付けずにいるという。

体をどこか悪くしたのではと家臣たちが気を利かせ、屋敷に医者を呼んでも診察を受けずに追い返すばかり。

食事のときには給仕の女中を部屋から追い出し、膳を下げさせるときしか部屋に入ることを許さない。いつも飯と吸い物だけは平らげるものの、豪華なおかずにはまったく箸を付けようとせず、所望するのは生卵やすりおろした山芋といったものばかり。いずれも精が付くため滋養は足りているものの、大好物だったはずの菓子をまったく欲しがらなくなったのが、家臣たちとしては気にかかる。

何か思うところがあって願掛けし、甘味断ちをしたのであればいいのだが、些細《ささい》なことで女中を叱り付けているようでは困ってしまう。

いつまでも、このままにはしておけまい。

信義の機嫌を直し、以前の穏やかな気性に戻すことは家臣一同の急務だった。

老いても壮健とはいえ、信義は今年で七十。

妻には早くに先立たれ、後添えも迎えていない。

家臣にとって何より案じられるのは、信義の身に万が一のことがあれば、岩井家が存亡の危機に立たされてしまうという現実。

一人息子が家督と職を受け継ぎ、見習いを経て後任の御側御用取次に登用されはしたものの、老中も若年寄も隠居した信義にばかり相談を持ちかけ、息子は当てにしていないという。

旗本も藩士も、家督を継いだだけでは安泰とは行かぬもの。

能力や技が問われる役を代々務めていれば、尚《なお》のことだ。

岩井家は信義が出世するまで一介の旗本にすぎなかったらしいが、なまじ父親が切れ者だと、跡取り息子は周囲の期待の大きさに苦労を強いられてしまう。

老中や若年寄から当てにされないだけならば、まだいい。

他ならぬ将軍から信頼を寄せてもらえずに、折に触れて信義を江戸城に呼び出す始末では有名無実。まさに名前だけ後を継いだにすぎない。

（哀れなものだな……）

十兵衛は布団にあお向けになり、天井の羽目板を眺めながら思いを馳《は》せる。

考えていたのは、国許の実家のこと。

小野家ではまだ父親も現役だが、やはり優秀すぎるために、長兄は台所方の役目を受け継ぐ前から苦労のし通しだったものである。

信義の息子が嫁ともども父親を敬遠し、同じ屋敷で暮らしていても離れの隠居所に近付こうとせずにいるというのも、致し方のないことだろう。

岩井父子に限ったことではないにせよ、当の息子の身になって考えれば、すねるのも無理はあるまい。

だが、家臣たちにしてみれば他人事《ひとごと》では済まされまい。

信義が亡くなってしまえば、岩井家は公儀にとって値打ちが無くなるからだ。

役得が多い御側御用取次は、すべての大名と旗本にとって憧れの職。

これまで信義を重く用いてきた将軍と幕閣のお歴々も、跡取り息子が役立たずのままであれば容赦なく罷免《ひめん》し、他の者に後を任せるはずだ。

名誉の職を奪われれば、岩井家は一介の旗本に逆戻り。

余禄《よろく》が無くなれば大勢の家臣を養うのも難しくなり、ほとんどの者がお払い箱にされるのは目に見えている。

息子が名実ともに岩井家の当主にふさわしい、上《うえ》つ方《かた》から頼りにされる御側御用取次になるまでは、信義に元気でいてもらわなくてはなるまい。

現役当時は言うに及ばず、隠居してからも潑剌と、毎日を前向きに過ごしていた頃の信義に、どうすれば戻ってくれるのか――？

そこで家臣一同が思案を重ねて出した結論は、あるじが何より好きだった、甘味への興味を呼び起こすこと。

諸国の名菓を味わい尽くし、菓子を吟味する目と舌が肥えている信義の気を惹くのは、ただでさえ容易ではない。

まして、今は食べること自体から興味が失せた状態。

下手《へた》な菓子を供すれば怒りを買い、取り返しがつかなくなってしまう。

かねてより岩井家に出入りしていた和泉屋を初めとする、市中の名だたる菓子屋が難色を示したのも当然だった。

有名どころに断られれば、無名でも腕のいい職人を見つけ出すより他にない。

そこで新参者の甚平が職人捜しを任されたものの、事を託せる菓子屋はなかなか見つからなかった。

上手くいけば多額のごほうびに与るばかりか、菓子三昧で知られる岩井の殿様を喜ばせたと評判を呼び、店も大いに繁盛するだろうが、下手をすればお手討ちにされてしまうのがオチ。

どの職人もそう思い込み、甚平が凄《すご》むほど恐れを成して、誰も引き受けようとはしなかったという。

(あれほど殺気が強くては、な……。刺客と間違うたのも、無理はあるまい)

昼下がりの戦いを思い出し、ふっと十兵衛は苦笑する。

思わぬ誤解から腕を振るう羽目になったものだが、甚平が実は気持ちのいい人柄と分かった以上、もはや怒ってはいなかった。

引き受けるに至った経緯はどうあれ、仕事が舞い込んだのは喜ばしい。

話のあらましは、昼間のうちに遥香にも伝えてある。

階下での騒ぎが行き違いから生じた諍《いさか》いにすぎず、石田甚平は刺客どころか大口の仕事の話を持ってきてくれた福の神だと改めて紹介したので、何の疑問も抱かずに安心しきっていた。

そんな遥香も、信義が十兵衛にとって因縁の人物であるのを知れば、きっと複雑な想いに駆られることだろう。

もしも三年前に献上した菓子が好評ならば、十兵衛は主君の御菓子係として登用されていたに違いない。

危険が及んだ遥香と智音の手引きをして江戸に逃れるどころか、母娘の口に入る菓子に毒を仕込み、暗殺を実行する役目を担っていたかもしれぬのだ。

ひとたび不安を抱いてしまえば、これまで護ってくれた十兵衛のことも信じられなくなってしまいかねない。

故に余計なことは耳に入れず、単純に喜ばせるのみにとどめたのである。

遥香と智音の耳目を避けて打ち合わせを済ませ、笑顔で別れた甚平にも、十兵衛は本心など明かしていなかった。

引き受けた目的はただひとつ。自分の作った菓子で信義をうならせること。

十兵衛には自信がある。必ずや信義を満足させ、市井の甘味屋に身を落としても腕は一流と証明してみせるつもりだった。

そうなれば三年前の汚名も返上できるが、何もつまらぬ意地を張って菓子を作るわけではない。

これは笑福堂を盛り上げる、千載一遇の好機。

この機に乗じて店の名前を売れば、客は一気に増えるはず。

なればこそ、甚平の依頼を受けたのだ。

客商売には、流行《はや》り廃《すた》りがあるのが常。

江戸っ子が老いも若きも大好きな、甘い菓子を商う店とて例外ではない。

今は贔屓《ひいき》にしてくれている客たちもいつ離れてしまうか分からぬし、店の常連が荷揚げ人足や船頭ばかりでは、何年経《た》っても売上はたかが知れている。

このままでは、遥香にふさわしい着物や宝飾品を用意するのも、食が細い智音のために美味しいものを振る舞ってやるのも難しい。

もっと商いを大きくしたい。

自分のためではなく、預かり者の母娘のために稼ぎたい。

そんな日頃の悩みを解消する上で、こたびの話は好都合。

(たっぷり埋め合わせをしてもらおうぞ、岩井信義……)

寝返りを打ちながら、十兵衛は微笑む。

将軍の威光を借り、諸大名から名菓を献上させて菓子三昧の暮らしを送ってきた男を利用したところで、胸など痛みはしない。

また、それほど難しい仕事でもなかろうと判じてもいた。

評判とは、尾ひれが付きがちなものである。

信義が菓子を吟味する目と舌はもとより、御側御用取次としても、大した仕事をしてきたとは思えない。

本当に老いても優秀な人物であり、将軍を支えることができているのなら、幕府は内憂にも外患にも小揺るぎもしないはずだ。

昨今の政《まつりごと》には、いいところがまったくない。

たった四隻の蒸気船に押し寄せられただけで屈服し、鎖国の禁をあっさり解いて外国《とつくに》に門戸を開いて以来、公儀の威信は弱まる一方。

今の柳営でどれほど重く用いられていようと大したことはないだろうし、むやみに恐れを成すには及ぶまい。

要はわがままな老人に美味い菓子を食わせ、喜ばせてやればいいだけのこと。

三年前に精魂込めた献上菓子を突っ返されて主君の機嫌を損ね、御菓子係に抜擢《ばってき》される機を台無しにされたことを思えば、少しぐらいは利を得ても構うまい。

この機に乗じ、笑福堂の名を上げるのだ。

遥香と智音にいい暮らしをさせてやるため、江戸じゅうから客が押し寄せるほど人気のある店にしてみせる。

目的がはっきりすれば、一層やる気も出るというものだ。

何も急《せ》くことはない。

愚かな老人を確実に喜ばせるために、まずは下調べをするつもりだった。

ふだんの食事を含めた暮らしぶりを直《じか》に見せてもらえば、菓子の好みを探り出すのも容易《たやす》いからだ。

昼間のうちに甚平には話を付け、良い菓子を作るためには事前の仕込みが欠かせないと説き伏せてある。

口下手な甚平のことだけに上格の用人たちを説得しきれず、いざ十兵衛が屋敷を訪れれば早う作れと急かされるのだろうが、そのときは仕損じては元も子もありませぬと言ってやればいい。

菓子で機嫌を直してもらうと決めた以上、向こうも強くは出られまい。

明日から岩井信義の屋敷に赴き、じっくりと時をかけて好みを洗い出してやる。

こたびの菓子作りは、十兵衛にとっては真剣勝負。

捨てた刀ではなく、腕に覚えの菓子作りの技を振るい、隠居した後も権力の座に居座り続ける、愚かな老人の鼻を明かしてやる。

そんな本音を甚平が知れば、さぞ怒ることだろう。

逆上されて、再び戦う羽目になっては面倒だ。

事が済むまで、誰にも悟られてはなるまい。

「寝るとするか……」

独りつぶやき、十兵衛は目を閉じる。

と、そこに階段のきしむ音。

続いて聞こえてきたのは、智音のちいさな足音。

十兵衛の枕元でぴたりと止まり、ちょんちょんと肩をつつく。

「……厠《かわや》にござるか」

声を低めて問いかけると、こっくりうなずく。

便所は井戸と同じく裏の長屋と共用で、暗い路地の奥にある。眠りが深い遥香になかなか起きてもらえず、一人きりで用を足しに行けない智音は、いつも十兵衛を頼らざるを得なかった。

「ご案内いたします故、少々ご辛抱なされ」

返事はないと承知の上で語りかけつつ、身を起こす。

手にしたのは、傍らに用意していた火打ち石。

取っ手付きの燭台《しょくだい》も、あらかじめ手の届く場所に置いてある。

十兵衛自身は、暗くても不自由はしない。国許では旅の兵法者に関口流の抜刀術を学ぶ一方で藩の道場にも通い、修行の一環として明かりを灯《とも》さぬ稽古場で竹刀《しない》を交える、夜間稽古を積まされてきたからだ。

いつも夜明け前から台所で仕込みができるのも、そうやって夜目が利けばこそ。かち、かちと石を打つ手付きに危なげはない。生じた火花を付け木に取り、燃え上がった炎を灯心に移す。

ぽっと座敷が明るくなった。

「参りますぞ」

先に立った十兵衛の後に、智音は無言で続く。

声にこそ出さぬが、行く手の闇を恐れているのは顔を見れば分かる。まるい頬を強張らせ、十兵衛に遅れまいと懸命だった。

それでいて、他の子どものように袖につかまったりはしない。つぶらな瞳で大きな背中を見詰めながら、ちょこちょこと歩を進めていく。

頑固なものだが、これでもマシになったほうである。

共に暮らし始めたばかりの頃には十兵衛を当てにしようとせず、されど一人では路地に出るのもままならないため、土間に立ち尽くしたまま漏らしてしまうこともしばしばだった。

声をかけてこないのは相変わらずだが、頼ってくれるだけでも十兵衛は嬉《うれ》しい。

智音が転ばぬように気遣いつつ土間に降り、勝手口の戸を開けて路地に出る。

梅雨入り前の江戸は、一年で最も過ごしやすい時季。

暗い路地を吹き抜ける夜風も、頰に心地いい。

手燭《てしょく》を掲げて歩を進める、十兵衛の表情は穏やかそのもの。

優しい眼差《まなざ》しが、ふっと細くなる。

顔をしかめたのは、生ごみの臭いが濃くなったため。

路地の奥に近付いてきたのだ。

共用の井戸が掘られている、五坪ばかりの一画には、惣後架《そうこうか》と呼ばれる掘っ立て小屋の便所と、ごみ溜《た》めがある。

「きゃっ」

近くまで来たとたん、智音が悲鳴を上げた。

全身を強張らせ、がたがた震えている。

「大事ありませぬ。あやつらは夜陰に乗じ、馳走《ちそう》に与りに参っただけのいたずら者……魑魅魍魎《ちみもうりょう》に非《あら》ざれば、恐れるには及びませぬぞ」

説き聞かせる十兵衛の視線の先で、きらきら光るものがうごめいていた。

ごみ溜めを漁《あさ》りに来た野良猫だ。

かまどの灰も無駄にせず、鼻をかんだ後の紙さえ漉《す》き直しに廻《まわ》すのが習いの江戸の民も、魚の頭や骨は捨てるしかない。余さず身をほじって食べ、碗《わん》に放り込んだ骨に注ぎかけた湯を味わった後は、まとめてごみ溜め行きとなる。

そうやって長屋の人々が夕餉のおかずを張り込んだ日は、野良猫たちもご馳走にありつけるというわけだが、この時分に集まってくるとは珍しい。

臭いを嗅《か》ぎつけてきたのは五匹。いずれも界隈で見かける顔ぶれだが、智音を厠に連れてきたときに出くわすのは初めてだった。

放っておけば、恐《こわ》がりの少女はいつまで経っても用を足せない。引っかかれずに駆け込むことができても、表をうろつかれては落ち着けぬだろう。

食事に熱中しているところにちょっかいを出すのは少々気の毒だが、智音のためとなれば、やむを得まい。

「動いてはなりませぬぞ」

ちいさな体をそっと抱き上げ、少し離れたところに降ろして手燭を持たせる。

引きつった顔でうなずく少女に笑みを返し、十兵衛は前に出た。

両手を体側に下ろした自然体のまま、歩を進めていく。

すかさず威嚇《いかく》のうなりを上げようとした刹那、猫たちは一斉に凍り付く。

立ち止まった瞬間、十兵衛が剣気を浴びせたのだ。

剣を取っての立ち合いは、気力のぶつけ合いでもある。

時として技倆《ぎりょう》の劣る者が勝利を得るのは、気迫で相手に勝ればこそ。

無言で放った剣気に当てられ、五匹の猫は動けなくなっていた。

「ごゆるりとなされませ」

「…………」

微笑む十兵衛に手燭を返し、智音は厠に駆け込む。

待つ間は、いつものように後ろを向く。

猫たちを見張っていなくても問題はない。用を足した智音が戻り、十兵衛が汲み上げた水で手を洗い終えるまで、じっと動かずにいた。

「参りましょうか」

夢から覚めたかの如く動き始めた猫たちを尻目に、十兵衛は歩き出す。

後に続く智音は無言。

無愛想なのは相変わらずだが、視線にいつものきつさは無い。

ふだんは肩に触れただけでも怒るのに、さっき抱き上げられたことを嫌がってもいなかった。

（少しは馴染んでくれたのか……）

そんな希望を抱きながらも、十兵衛は油断をしない。

子どもの考えることは分からぬもの。

まして、女の子は接するのが難しい。一年を共に過ごしても、未《いま》だに智音と心を通わせるには至っていないのだ。

この一年の間に分かったのは、この少女が母親ともども十兵衛を頼りにし、先程のように、いざとなれば助けを求めるのを迷わぬこと。

とはいえ、好意まで寄せられてはいない。

智音が十兵衛を当てにするのは、母の遥香が恃《たの》みにしていればこそ。

この男に護ってもらうのは恥には非ず、世話になっても付け込まれる恐れはないと見なしているだけなのだろう。

人畜無害な男としか思われぬとは、相手が少女でも複雑なもの。

されど、不平を言ってはなるまい。

十兵衛には、母娘を護る理由がある。

ひとたび決意した以上、見捨てはしない。

信義を満足させる菓子作りも、しくじるわけにはいかなかった。

六

思わぬ事態となったのは、翌日早々のことだった。

「失礼いたす」

おずおずと訪《おとな》いを入れてくるや、甚平は困ったことを言い出した。

「お内儀、すまぬが人払いをしてもらえぬか」

「左様に申されましても……」

遥香が困惑したのも無理はない。

まだ朝も早い時分となれば、笑福堂は朝飯代わりに甘味を食べに立ち寄った客でごった返している。表の床机がたまたま空いていただけで、中は満席だった。

「まだお席もご用意できませぬ故、こちらにおかけになられませ」

「いや……拙者だけではないのでな、そうも参らぬのだ」

床机をすすめる遥香に、甚平は困った顔で首を振る。

「はぁ」

遥香は訳が分からない。

そこに居丈高な声が聞こえてきた。

「何をぐずぐずしておるのか、石田っ！」

姿を見せたのは、上格の用人。

続いて現れたのは、一挺《ちょう》の駕籠《かご》だった。

「石田さま……」

問いかけようとした刹那、遥香は目を見開く。

ちょうど店に居合わせた松三と竹吉、梅次らも、のれんの間から顔を出したまま唖然とするばかり。

こちらに向かってきたのは、紋所と引き戸が付いた木製の駕籠。

乗物《のりもの》と称される、個人用のものである。

店の前まで来たところで、担ぎ手の陸尺《ろくしゃく》たちはぴたりと足を止める。

引き戸が開かれ、出てきたのは白髪頭の武士。

幾分やつれてはいるものの、若い頃はさぞ美男だったであろうと思わせる、細面で品のいい顔立ちである。

それでいて、態度はふてぶてしい。

「何じゃ、みすぼらしい店だのう」

口を開いて早々に失礼なことだが、誰も文句は言えなかった。

岩井信義、七十歳。

御側御用取次を長らく務め、隠居した後も現職の老中や若年寄ばかりか、将軍が寄せる信頼も未だに厚い大物であった。


満席の客たちは、早々に追い散らされた。

誰一人として、逆らえはしない。

遥香を案じて居残ろうとし、供侍たちと揉《も》めかけた松三も、とうとう退散せざるを得なくなった。

「べらぼうめ、二本差しが恐くて田楽が食えるかってんだい……」

「しーっ！　聞こえますよ、兄い」

「相手は上様のお気に入りなんですぜ。無礼があっちゃいけやせん」

収まらぬのをなだめつつ、竹吉と梅次は大きな体を懸命に引きずっていく。

このところ揺らぐ一方とはいえ、幕府の威光は健在。

下手に逆らえば、どんな目に遭わされるか分かったものではない。

後に残されたのは十兵衛と遥香のみ。

智音も遥香に手を引かれ、階下に連れて来られていた。

将軍の覚えもめでたい人物が訪れたからには、頭の上の二階に置いたまま、挨拶もさせずに放っておくわけにはいかないからだ。

「ご挨拶が遅うなりまして、申し訳ありませぬ……」

一枚きりしか備えていない座布団を畳の上に敷き、うやうやしく迎え入れた信義に向かって、十兵衛は深々と頭を下げた。

「手前があるじの十兵衛にございます。どうぞお見知りおきくださいませ」

「岩井信義である」

礼を受ける態度は横柄そのもの。

それでいて、遥香に向ける視線は優しい。

狒々爺《ひひじじい》めいた、いやらしい目付きではない。

母親の横にちょこんと座り、たどたどしく頭を下げる智音を見やる表情も優しいものだった。


その視線に気付き、十兵衛は二人を紹介する。

「それがしの妻《さい》と娘にございまする」

「左様であるか……うむ、母娘揃うて美形であるのう」

「お、恐れ入りまする」

「ふん、軽口をまともに受けるでないわ」

重ねて頭を下げる十兵衛を、信義は鼻で笑う。

いちいち気に障ることを言うものである。

客でなければ、相手もしたくない。

それにしても、思わぬ誤算だった。

まずは屋敷に入り込み、味の好みを調べ上げた後に満を持して菓子を作るつもりでいたのに、向こうから訪ねてきてしまったのだ。

どうしてこうなったのかを甚平に問い質《ただ》そうにも隅に追いやられ、口も利かせてもらえない。

代わりに子細を明かしたのは、格上の居丈高な用人だった。

「そのほうのことを石田より聞き及び、殿に申し上げたところ、新大橋は芭蕉翁《ばしょうおう》にゆかりの地ゆえ、気散じかたがた出かけてみたいと仰せになられての。有難く思うがよかろうぞ」

「ははーっ。恐悦至極に存じまする」

文句を付けるわけにもいかない十兵衛だった。

内心は苛立ちを覚えていても、態度に出せはしない。

一方の遥香はいそいそと台所に立ち、信義に茶を運んでくる。

「粗茶にございますが、まずはご一服なされませ」

供するしぐさは、常にも増して上品そのもの。

しかし、遥香は思わぬしくじりをしていた。

信義の前に置かれた碗から、ぽっぽと湯気が立っている。

熱々の茶を持ってきたのだ。

（拙《まず》うござるぞ、御前さま。上客には冷やした麦湯をお出しくだされと、日頃から申し上げておりますのに……）

迂闊《うかつ》な真似《まね》をされてしまい、十兵衛は気が気ではなかった。

他の客ならば、問題はない。

汗ばむ時季だからと冷たいものばかり飲んでいれば腹を下し、汗の元になるだけだが、熱い茶を口にすれば逆に汗は引き、体もスッキリする。

朝飯代わりに甘い菓子を食べ、これから炎天下で仕事を始めようという常連の客たちにとっては、むしろ有難い配慮だった。

しかし、信義は労働とは無縁の身。

乗物に揺られて喉も渇いているところに井戸で冷やした麦湯ではなく、熱々の茶をすすめるとは何事か。

国許で奥女中の勤めを経て側室に取り立てられ、主君を初めとする上つ方をもてなすことに慣れているはずの、遥香らしからぬ失態であった。

されど、一度出したのを引っ込めさせるわけにもいくまい。

はらはらしながら十兵衛が見守る中、信義は茶碗を取る。

しわだらけの手で碗を支え、口元へと運んでいく。

ふぅふぅ吹いて一口啜《すす》り、浮かべたのは安堵の表情。

「うむ……程よき加減だのう」

十兵衛と接するときのふてぶてしさから一転し、細面には嫌みのない微笑みまで浮かべていた。

「そのほう、十兵衛と申したか」

「は……ははっ」

「儂《わし》のために菓子をこさえてくれるそうじゃな。自信はあるのか？」

「心して務めさせていただく所存にございます……」

「何を所望しても構わぬのだな」

「な、なんなりとお申し付けくださいませ」

「されば、餅を使うた菓子をこしらえてもらおうか」

「餅菓子と申されましても……」

「苦しゅうない。そのほうに任せるゆえ、良きに計らえ」

期待を込めて微笑み、信義は二口目の茶を啜る。

対する十兵衛は、すっかり気を呑まれてしまっている。

血の気が失せ、じっとり冷や汗を掻いていた。

人は会ってみなければ分からぬもの。

岩井信義は思った以上に貫禄があった。

列強諸国から開国と通商を迫られて屈し、尊王攘夷《じょうい》を唱える内憂に抗しきれずにいる今の幕府がどうあれ、この老人はまだ衰えていない。

齢《よわい》七十を迎えていながら目の輝きは鋭く、向かってくる者がいれば相手取らんとする強さを感じさせる。

むろん、兵法者としてまで秀でているわけではなかった。

年はともかく、刀鐺の腕前は恐らく凡百のものでしかあるまい。

にもかかわらず、十兵衛は先程から攻め込む隙を見出《みいだ》せずにいた。

もとより危害を加える気など有りはしないが、たとえ斬りかかったところで討ち取るのは至難だろう。

警固している供侍たちも、あるじの傍らから離れようとせずにいる上格の用人も、昨日立ち合った甚平と比べれば物の数ではない。

あるじの信義自身に、敵を寄せ付けぬ強さがあるのだ。

再び幕政の表舞台に返り咲き、暗殺の刃を向けられる身になったとしても、この老人を倒し得る者がいるのだろうか——。

それに、味で納得させるのは斬るより至難。一度まずいと断じられ、もういらぬと言われてしまえば勝負はお終《しま》いだからだ。

舌で味わう前に、見た目だけで拒まれることも有り得よう。

こちらが相討ち覚悟で挑もうと、口にしてもらえなくては始まるまい。

黙したまま、十兵衛は動けない。

その袖が、ちょいちょいと引っ張られる。

気が付けば智音だった。

無言のまま、じーっと十兵衛を見上げる顔に表情はない。

それでいて、訴えかける眼力は強かった。

厠に行くときの付き添いを乞うのにも増して、すがるような瞳だった。

この少女にとって、自分は江戸で頼れる唯一の存在。

臆してはなるまい。

こんなところで、くじけてはいられないのだ。

「失礼いたしまする」

一礼し、十兵衛は腰を上げる。

土間に降り、奥の台所へと向かっていく。

態度こそ丁重そのものだが、目の輝きが先程までとは違っていた。

気付かぬ信義ではない。

今を去ること三年前、十兵衛が自信満々でこしらえたであろう菓子に手も付けず突っ返したことも、しっかりと覚えていた。

見送る視線は期待に満ちている。

代々の台所方の末っ子が、果たしてどこまでやれるのか。

三年前の反省を活《い》かし、しかも信義が誰にも明かしていない今の体調にまで察しを付けて、美味しく食べられる餅菓子を用意できるのだろうか。

上手くいけば、信義にとってはもうけもの。

食べたくても喉を通りそうになく、ずっと辛抱していたのがようやく味わえるとなれば、望むがままにほうびを与えてもいい。

逆に、ろくでもない代物しか作れなければ、日頃の憂さ晴らしをする役に立ってもらうまでのこと。将軍家の威光を保てず、何を助言しても実行できない、愚かな幕閣どもへの不満を解消するために、痛め付けてやるのだ。

菓子三昧で知られた信義は甘味屋にとって、福の神になれば貧乏神にもなり得る存在。ひとたびお褒めに与れば江戸じゅうの評判となって客も倍増するが、まずいと決め付けられれば悪い噂《うわさ》が噂を呼んで、たちどころに客足は絶え、店を畳む羽目になってしまうからである。

たとえ路頭に迷うことになろうとも、悪いとは思わない。

功名を得ようと安請け合いをしておいて、何もできぬ甘味屋など、早々に商いを止めさせてしまったほうがいい。

揺るぎない信念の下、数多の菓子職人に引導を渡してきたのだ。

市井の店ばかりを懲らしめるわけではない。

取り入ろうとする大名が国許から取り寄せ、あるいは家中の者に腕を振るわせて献上してくる菓子も、気に入らなければ容赦なく突っ返すのが常だった。

何も、十兵衛だけが出世の途《みち》を閉ざされたわけではない。

信義は見た目ばかりに凝って実を伴わない、いいかげんな菓子を許さぬ男。好きで仕方がないからこそ、目と舌で厳しく吟味せずにいられないのだ。

そんな怪物に一度ならず二度までも、十兵衛は試されることになったのだ。

凶と出るか、吉と出るか。

当の信義にも、まだ分からぬことである。

楽しませてくれれば、それでいい。

まして、今は甘味に飢えているのだから——。

七

台所には常の如く、菓子の材料が揃っていた。

一番人気のまんじゅうに、おはぎ、練りようかん。

自信作はいくつもあるが、所望されたからには、餅菓子で行かねばならない。

桜餅は関東風と上方風のいずれも作れるし、柏餅もすぐに用意できる。

餅としか指定されていない以上、手持ちの材料を使って創作しても構うまい。

だが、それでいいのだろうか。

ここは十兵衛にとって、思案のしどころ。

どんな餅菓子ならば喜ばれるのかを、まずは見極めねばならない。

見たところ、信義は形にこだわる質《たち》とは違う。

老いても美男らしく身だしなみは行き届いていたが、着衣も佩刀《はいとう》も、むやみに贅《ぜい》を尽くしてはいなかった。内証が豊かであっても慎みを忘れずにいるのは、やはり武士ということか。

このところ贅沢《ぜいたく》な料理を好まぬというのも、好みが変わったというよりは、隠居して無駄遣いを慎む考えになったが故なのかもしれない。

そうだとすれば、変わった菓子をこしらえるのは禁物。

ありふれたものを供したほうが、逆に喜ばれるのではないか。

厄介なのは好みよりも、むしろ気性のほうだろう。

あの老人は、こちらの出方を抜かりなく観察している。

面と向き合って早々から、十兵衛はそのことに気付いていた。

嫌みを言ったかと思えば、今度はにこやかに微笑み、こちらの反応を探るために餌を投げるのにも慣れている。

一から十まで計算ずく。手強《てごわ》い相手である。

だからといって考えすぎては、策に溺れる。

ここは正攻法を採るべきだろう。

端午の節句も近いとなれば柏餅か、ちまきで行くべし。

素直に考えれば、そういうことになる。

男には幾つになっても、童心に返って味わいたい菓子がある。

それに、甘ったるいばかりが菓子ではない。

竹の皮の香りがする餅を嚙《か》み締めるのも、また醍醐味《だいごみ》。

老いても壮健な信義が、いかにも好みそうではないか。

幸いにも、朝のうちに作り置きしたちまきが五本残っていた。

いちから米粉を湯ごねし、笹の葉と藺草《いぐさ》で巻いて蒸し上げたのを冷ますとなれば時もかかる。

菓子に限らず、客をもてなすのに遅れは禁物。

下手に待たせてしまうよりは、出来合いでも早いほうがいい。

（よし……）

意を決し、十兵衛はちまきに手を伸ばす。

そっと押さえたのは、台所に入ってきた遥香だった。

「御前さま？」

「しーっ。聞こえてしまいまするぞ」

唇に指を当て、遥香は声を低める。

「もしや、そちらをご隠居さまにお出しするおつもりなのですか？」

「左様にござるが……」

「なりませぬ」

「えっ？」

「少々お話できませぬか、十兵衛どの」

「…………」

十兵衛は困惑した。

一体、どういうつもりなのか。

商いについて遥香が口を出したことなど、これまで一度もなかった。

店先に並べた重箱が空になり、十兵衛が追加でこしらえた菓子を補充するときを除いては、台所にさえ立ち入らない。

ふつうの家ならば台所は女の城だが、商いをする店では別。

まして十兵衛は菓子作りに専心しているとはいえ、主君の御食事係を仰せつかる小野家に生まれた身。

他の家臣と違って剣でも算盤《そろばん》でもなく、余人が及ばぬ料理の腕を振るうことをご奉公と思い定め、代々の役目を全うしてきた一族の誇りは末っ子の十兵衛も持っているし、市井の甘味屋となった今も基本の姿勢は変わらない。

故あって助けた遥香を女あるじ、智音を姫君と見なし、あくまで臣下としての分を踏み越えずに頑張っている。

十兵衛の愚直な生き方を理解し、感謝していればこそ、遥香はみだりに台所へ足を踏み入れず、智音にも常々心がけさせていた。

それなのに、なぜ余計な真似をするのか。

まして、今は寸刻《すんこく》を争う局面。

早くちまきを持っていかねば、信義が機嫌を損ねてしまう。

焦りを隠せぬまま、十兵衛は口を開いた。

「お話とは何でありますか、御前さま……」

「今はおはるですよ」

「これは失礼……されば、お話をうかがいましょうぞ」

募る苛立ちを抑え、十兵衛は言った。

対する遥香は常と変わらず、しとやかな態度のままだった。

言い換えるなら、のんびりしている。

この状況でよく慌てずにいられるものだが、今は感心している場合ではない。

「御前さま……いや、おはるさんはまた何故に、あのご隠居にちまきをお出ししてはいかんと申されるのですか」

「まぁ、まことにお気づきではないのですね」

焦りを隠せぬ十兵衛に、遥香はやんわり微笑み返す。

馬鹿にしたわけではない。

いつも助けてくれる十兵衛の役に立てる機を得て、語る口調は嬉しげだった。

「お見受けしましたところ、ご隠居さまは歯を悪うしておられまする」

「歯……にござるか？」

「あの様子では、ものを噛むのもご不自由なさっておられることでしょう。ちまきなどおすすめしたところで、お口を付けてはくださいますまい」

「成る程……歯痛《はいた》なればこそ、平素より噛まずとも飲み込めるものばかりを……」

甚平から伝え聞いたことを、改めて十兵衛は思い出していた。

このところ信義は急に食が細くなり、贅を尽くした三度の膳に箸を付けようともせず、おかずには生卵やすり下ろした山芋ばかり所望しているらしい。

原因が虫歯だったとすれば、合点が行く。

信義は歯の治療を受けるのを嫌がり、三度の食事に苦労するばかりか好きな菓子まで我慢して、ずっと周囲に隠していたのではないだろうか。

以前とは違って怒りっぽくなったというのも、痛みに耐えかねての八つ当たりと見なせば納得がいく。

「困ったご老体でありますなぁ」

「そんなことを言うてはなりませぬ。まだまだお若いつもりでおられるのですから……ね」

思わずあきれる十兵衛に、ふふっと遥香は笑いかける。

先ほどから信義は年甲斐もなく、彼女に熱い視線を送っていたからだ。

こうして台所でないしょ話をしている最中も、こちらの様子を気にしてチラチラと盗み見ずにはいられない。

遥香の美貌に目を付け、わがものにしようとがっついているのとは違う。図らずも目の保養をする機に恵まれて、単純に喜んでいるだけだった。

「あのご隠居さまは、悪い方とは思えませぬ」

「それはまた、如何《いか》なるお見立てで？」

「そうですねぇ……おなごの勘とでも、申しましょうか」

「はぁ」

十兵衛はうなずく。

勘で確信したと言われても、すぐに納得できるものではない。

しかし、今は急を要するとき。

遥香の直感と人を見る目を信じた上で、信義に供する菓子を選ぶのだ。

そのためにはまず、隠している歯の状態を確かめる必要がある。

ただでさえ齢を重ね、歯ぐきは弱っているはずだ。

そこに甘味好きが災いして虫歯が重なり、下手をすれば奥歯がぜんぶ使いものにならなくなったとも考えられる。

「前歯は揃うておられましたな」

「なればこそ、辛うじてお食事もできたのでありましょう。嚙み切れなければ口中の上下《うえした》にて押しつぶし、吸い物で流し込めば何とかなりますからね」

言いながら遥香は口を動かし、分かりやすく実演してみせる。

「ふふ……」

そのしぐさに、十兵衛は思わず笑みを誘われる。

急くばかりだったはずの気が、いつしか鎮まっていた。

「そういえば、煮付けた野菜は残さず平らげておられたそうですぞ。しいたけやら結びこんぶ、たけのこは除《よ》けてしまうのに、おかしなことだと……」

「当たり前でしょう。お口の中におろしがねでも備えておらねば、喉を通るはずがありますまい」

「左様ですな」

顔を見合わせ、十兵衛と遥香は微笑み合った。

たしかに、まだ前歯は残っている。

とはいえ、迂闊なものを選んではなるまい。

歯を悪くしていても、若い者ならば大して困らぬはず。ろくに嚙まずにどんどん飲み込んだところで、勝手に腹の中でこなれてくれるからだ。

だが、信義は齢七十。

遥香がやって見せたように残った前歯で嚙み、口蓋《こうがい》で押しつぶして食べてもらうにしても、喉を通るものには限界がある。下手をすれば、窒息させかねない。

十兵衛が何も気付かぬまま、ちまきを供していたらどうなったことか。

考えただけでも、空恐ろしい。

ここはどうあっても、嚙まずに食べられる餅菓子が必要なのだ。

「できまするか、十兵衛さま」

「お任せくだされ。ご隠居はもとより、姫さまにもお召し上がりいただけるものを思いつきました……」

自信を込めて、十兵衛は遥香に答える。

背中越しに向けた視線の先では、信義が智音を相手に上機嫌。

「おうおう、可愛いのう」

ちょこんと膝に乗ってきたのを怒りもせずに、頭をなでてやっている。しびれを切らす寸前だったとは思えぬほど、好々爺《こうこうや》めいた笑顔を浮かべていた。

「これ、何をいたすか！」

手を伸ばし、引きずり降ろそうとしたのは上格の用人。子どもと思って甘く見た隙を突かれ、あるじに無礼を働かれて怒り心頭だった。

しかし、智音は平気の平左。澄ました顔をし、意外にたくましい信義の胸に身を寄せたままでいる。

「やかましいわ砂山《すなやま》、静かにしておれ」

「は、ははっ……」

じろりと信義に睨《ね》め付けられ、砂山と呼ばれた用人は慌てて平伏する。

滑稽な様を前にして、供侍たちは笑いをこらえるのに一苦労。

甚平も顔を伏せ、ふっと微笑む。

これで今少し、十兵衛は時を稼げる。

幼いながら大した策士だと、智音の機転に感心せずにはいられなかった。

八

程なく、信義の前に一皿の菓子が供された。

「これは餅……なのか？」

「左様にございまする。どうぞお手に取ってくださいませ」

戸惑う信義に、十兵衛は自信を持ってすすめる。

皿に山と盛られていたのは、練った米粉を蒸した団子。

大きさは小指の先ほど。

しかも団子らしく丸まっておらず、妙に角張っている。

つまんでみれば、意外にも弾力がある。たとえるならば、火を通す前のあられのような代物だった。

「ふむ……何という名じゃ」

奇妙な団子を手にしたまま、信義は十兵衛を見返した。

砂山をにらんだときにも増して、視線は鋭い。

歯を悪くしていると察し、並外れて小ぶりの餅をこしらえたところまでは褒めてやってもいいが硬すぎるし、見た目も良くない。

これは一体、どういうつもりなのか。

そんな不快の念も周りの者に聞かれぬように人払いを乞われ、十兵衛の答えを耳にしたとたん霧散した。

「白玉の歯にございます、ご隠居さま」

「歯とな？」

「恐れながら、ご隠居さまは奥の歯を悪うしておられるご様子……。ご平癒を祈念申し上げたく、心して作らせていただきました」

「成る程のう。白玉と申さば、歯の枕詞《まくらことば》であったな」

信義は微笑した。

歯だと思って見直せば不格好どころか、むしろ良くできている。

「されば、頂戴いたすぞ」

つまんだままでいたのを、そっと信義は口に入れた。

この大きさならば、いつものように苦労しながら前歯で嚙むには及ばない。

口蓋にはさみ、張りのある感触をしばし楽しむ。

そのうちに、表面が柔らかくなってきた。

同時に感じたのは、ほんのりした甘さ。

水で溶いた白砂糖がまぶしてあるのだ。

ざらめの如く粒々が付いていれば奥歯に開いた穴に入ってしまい、たちまち痛み出していただろう。

餅そのものは張りがあり、むやみに軟らかくはない。

おかげで口蓋にべったり張り付き、不快感を覚えるということもなかった。

「うむ……うむ……」

久方ぶりの砂糖と米の甘みを堪能し、ごくりと飲み込む。

ふと気付けば、智音がこちらを見ていた。

「苦しゅうない。そなたも食せ」

「はい」

信義の呼びかけにうなずき、智音はちいさな手を伸ばす。

「どうじゃ、美味いか？　そうか、そうか」

無心に菓子をしゃぶる姿を見守り、信義は微笑む。

歯を悪くしているのは、この子も同じ。

幼子ならば抜けた後に生えてくるが、老いた身ではそうもいかない。

そろそろ覚悟を決めて医者にかかり、虫食いだらけの歯を抜いてもらった後に木でこしらえた差し歯を入れるのだ。

長年の菓子三昧で歯を傷めたのを恥とし、治療を受けずに今日まで辛抱してきたものの、甘味を楽しめずに余生を過ごしてもつまらぬ限り。

この白玉の歯を平らげたら、その足で医者を訪ねよう。

祈りを込めてくれた菓子ならば、悪い歯を抜く痛みに耐えるのに少しは効き目があるかもしれない。

そう思えば、気分も前向きになってくる。

智音と交互につまんでは口に運ぶ、信義の表情は明るい。

ホッと安堵する十兵衛を、遥香は嬉しげに見やる。

恐らく、朝鮮飴から思いついたのだろう。

まだ乳歯が抜けきらない智音が朝鮮飴を口にするのを嫌がるのは、しゃぶるのに飽きて嚙んでしまったとき、硬さが歯に堪《こた》えるからだ。

その点、この菓子ならば問題ない。

適度に硬さを残しつつ、食べやすい軟らかさに仕上げることができたのは、代々の台所方の一族として受け継いだ、十兵衛の才と腕前の為せる業。さすがの信義も文句を付ける余地はなかった。

「あ!」

なごやかな雰囲気の中で、不意に智音が声を上げる。

ぐらついていた歯が一本、ぽろりと抜けたのだ。

「おうおう、よう似ておるわ……間違えぬようにせねばなるまい、はははは」

信義はひょいと手を伸ばし、皿に転がった歯をつまむ。孫の世話を焼く好々爺の如く、優しい笑顔であった。

笑福堂の表では、信義が智音を高々と抱き上げていた。

腰を悪くするのではないかと、お付きの砂山たちは気が気でない。しかし、当の信義が言い出したことであるからには、口をはさむわけにもいかなかった。

「よいか、鬼の歯と変われ……と言いながら投げ上げるのだぞ」

「はーい」

念を押す信義にうなずき返し、智音は握った歯を元気一杯に放り投げる。

「おーにのはとかわれ！」

下の歯を屋根、上の歯を縁の下に放るのは、乳歯が抜けた後に丈夫な歯が生えるのを願ってのおまじない。

微笑ましい光景の中に、十兵衛の姿は見当たらない。

気付かれぬうちに輪から離れ、向かった先は大川端。

広い川面をひっきりなしに行き交う船の姿も、今は絶えていた。

間合いを取って対峙した相手は、旅姿の武士。

「先夜と身なりが違うな……何故の旅支度か」

告げる十兵衛の表情は険しかった。

童顔にいつもの甘さは無く、目つきも鋭い。

預かり者の母娘との暮らしの中では見せることのない、剣客の顔であった。

「知れたことよ。うぬらを仕留めたその足で、国許に帰参いたすのだ」

答える武士は、国許から差し向けられた刺客。

昨日の夜、智音が厠へ行くのに付き添ったとき、この男が無宿人になりすまして路地に潜んでいたことに十兵衛は気付いていた。

あのとき剣気を放ったのも猫たちを大人しくさせるだけではなく、機先を制することで護りが堅いのを思い知らせ、襲撃を思いとどまらせるため。

今の十兵衛は刀を捨て、甘味屋として生きる身。

菓子を毎日作り、子を育てる手で人など斬りたくはない。

しかし、相手は殺気を放って止まずにいる。

無視していれば、信義にまで危害を加えかねない。それで剣呑《けんのん》な気に誘われるがままに、やむなく出てきたのだ。

「あれしきの恫喝《どうかつ》で引き下がると思うたか、小野!」

気合いも十分に言い放ち、刺客は抜刀した。

国許では馬廻《うままわり》組に属し、一刀流の遣い手として鳴らした男。

それが今は刺客となり、主君の血を引く少女の命を狙っている。

阻止するためには、刀を使えなくするしかない。

十兵衛は地を蹴った。

一気に間合いを詰め、内懐に踏み込む。

斬り下ろさんとする腕を押さえ、そのまま関節を極めて投げる。

甚平を制したときと違って、手加減はしていなかった。

体重を乗せ、折り砕いたのは左腕。刀を振るうときに軸となる腕が用を為さなければ、刺客として差し向けられることは二度とあるまい。

「お、おのれ……」

呪詛《じゅそ》のうめきを上げ、男はよろめきながら去っていく。

見送る十兵衛の息は荒い。

同様に返り討ちにしたのは、これで幾人目か——終わりの見えぬ戦いだった。

第二章　ところてん

一

小野十兵衛には日課がある。

朝の忙しいひとときを終え、中食《ちゅうじき》と午後の仕込みを済ませた後のこと。

昼を過ぎ、茶と菓子を求める客がやって来る前にちょっとだけ店を抜け出し、大川を渡るのだ。

「御前さま、少々出て参りまする」

「まぁ、商い中はおはると呼んでくださいませ」

「そうでしたな、これは失礼……」

遥香に店番を任せ、笑福堂を後にする。

あれから岩井信義が贔屓にしてくれるようになったものの、店の売り上げが急に伸びるまでには至っていなかった。

考えてみれば当然だろう。

近頃の世間は、以前ほどにはのんびりしていない。

昨年の三月に桜田門外で大老の井伊《いい》直弼《なおすけ》が討たれたのを境にして、幕府の権威は揺らぐ一方。傾くばかりなのは景気も同様で、庶民の暮らしは厳しい。

それでも常連たちが乏しい小遣いを割き、笑福堂に茶と菓子を求めて来てくれるのはありがたい限りだが、信義の件が評判を呼び、客足が一気に増えるという運びにはならなかった。

この二月から新大橋のたもとに番所が置かれ、江戸城下から人が来にくくなったことも、売り上げが頭打ちになった理由のひとつと言えるだろう。

新大橋だけでなく、上流の大川橋に両国橋、下流の永代橋と合わせて四本の橋の警備が強化され、番士が目を光らせていれば、菓子を求めるだけのためにわざわざ大川を越えようとは誰も思うまい。

困ったことだが、欲を掻いてはなるまい。

ご時世が悪いのならば、折り合いを付けてやっていくしかないだろう。

それでも、せめて心持ちだけは豊かでいたい。

そう思えばこそ、大川向こうまで毎日足を運ぶのだ。

今日も十兵衛は何食わぬ顔をして、新大橋を渡っていく。

国許からの追っ手に見つかっては困るが、幕府の役人の目など恐くはない。それに堂々としていたほうが、かえって難癖も付けられぬというものだ。

「ひと雨欲しいな……」

西日にきらめく川面を横目に、着いた先は浜町。

武家屋敷が密集する中、向かった先は肥後熊本藩の下屋敷。

その庭の一隅に、今年になってから小さな寺が建立された。

祀《まつ》られたのは加藤清正。

太閤《たいこう》秀吉が育てた子飼いの武将として名高い清正は、細川氏が藩主となる以前の熊本で善政を敷き、名君と慕われた人物。慶長十六年（一六一一）に死去した後もお国言葉で「清正公《せいしょこ》さん」と親しみを込めて信奉する者は絶えず、細川氏も墓所のある本妙寺《ほんみょうじ》で頓写会《とんしゃえ》と称する法会をしめやかに、かつ盛大に催していた。

そんな細川氏が本妙寺から勧請《かんじょう》した寺は、その名も清正公寺《せいしょうこうじ》。

かつて屋敷を構えていた麻布《あざぶ》の白金村《しろがね》にも、寛永八年（一六三一）に創建された覚林寺《かくりんじ》があり、勝負の神として江戸の庶民の信仰を集めているが、浜町の清正公寺はこぢんまりした邸内寺院。

許しを得れば誰でも参詣できるが、立ち寄る者はほとんどいない。

静かな清正公寺のたたずまいが、十兵衛は好きだった。

「何じゃ、またおぬしか」

「おじゃまいたします。ちょいとお参りをさせてやってくださいませ」

門番に手渡したのは紙にくるんだ、土産代わりのまんじゅう二つ。

「いつもすまんのう。ゆっくりしていけ」

中年の門番は、ほくほく顔で紙包みを懐にしまう。

最初から、それほど警戒してはいないのだ。

大名が将軍家から拝領する屋敷の中でも、下屋敷は別邸という位置付け。藩主が訪れることはめったになく、常駐する藩士もほんの数人。

おかげで十兵衛も心置きなく、毎日参詣させてもらえるというものだった。

潜《くぐ》り戸を開けてもらい、藩邸の庭に踏み入る。

塵《ちり》ひとつなく掃き清められた本堂の前に立ち、礼をしてから進み出る。

鰐口《わにぐち》を鳴らし、神妙に手を合わせる。

改まったことを祈願するわけではない。

神仏を拝むのは霊験を頼るに非ず、己を見つめ直すため。

持てる力が及ぶ限り、人に救われるよりも救うことを先に考えよ。

幼い頃から、そう教えられて育った十兵衛だった。

厳しい教えの通りに成長した末っ子が、まさか主君の側室とその娘を連れて脱藩するに至るとは、父も兄たちも考えてはいなかっただろう。

台所役を代々仰せつかり、家中から信頼を得ていた小野家の面目を無くしたのは申し訳ないことである。

それでも、後悔はしていなかった。

あの母子のためならば、命を賭けてもいい。

そう思えばこそ、脱藩を決意したのだ。

赤の他人を、一時の同情で助けたわけではない。

十兵衛と遥香には、以前から面識があった。

親同士に付き合いがあり、屋敷も近かったため、子どもの頃から顔を合わせる折は多かったが、当時は恋慕の対象というよりは、姉のような存在だった。

遥香の人気を実感させられたのは、元服した後のこと。

美少女から臈長《ろうた》けた女人に成長した遥香は、家中の男たちの憧れの的。妻に迎え、子をなしたい。

切望する者は後を絶たず、縁談はそれこそ降るように舞い込んだものである。

心を奪われたのは、老若の藩士だけとは違う。

藩主までもが、奥女中として御殿に上った遥香に目を付けたのだ。

主君のお手つきとなっては、誰も言い寄ることは許されない。

幼馴染みだった十兵衛も例外ではなく、奉公を終えて戻ったら打ち明けるつもりでいた気持ちを抑え、剣術修行と菓子作りに打ち込むしかなかった。

やがて智音が誕生し、藩主の子を産んだ遥香の行く末は順風満帆と思われた。

それが命を狙われたのは、おかしなことをしたからではない。

欲望の渦巻く殿中で誰とも手を組まず、出過ぎた真似をせずにいたのがかえって災いし、佞臣《ねいしん》どもにとって目障りな存在となったのだ。

暗殺の刃をかわし、江戸まで逃れてきても、幕府は頼りにならなかった。

昨今は尊王攘夷の是非を巡り、ただでさえ天下は乱れつつある。

幕府にしてみれば、こんな折に大名家の内政に干渉し、将軍家に対して恨みを抱かせるのは得策ではない。

まして、十兵衛の主君が連なる前田家は、藩祖の利家《としいえ》公の昔から徳川とつながりが深い。

万が一にも倒幕の危機が訪れたときは、力になってもらいたい。

家中に何かあっても見て見ぬ振りをし、できるだけ穏便に済ませてやりたい。

そんな幕府の弱腰が、国許の佞臣どもを増長させたのだ。

十兵衛にしてみれば、腹立たしい限りであった。

幕府も藩も、民がそこそこ豊かに、分不相応の贅沢は許されぬまでも、衣食住に欠くことなく過ごせるように治めてくれれば、それでいい。

しかし、藩の佞臣たちは違う。

主君の愛妾《あいしょう》ばかりか血を分けた娘の命まで、非情に絶たせようとしたのだ。

あのとき国許から連れ出さなければ、遥香も智音も命を落とした。

助けたからには投げ出さず、護り抜かねばなるまい。

そのために必要な「力」は毎日の稼ぎと、刺客を退ける腕前。

甘味屋の売り上げは、相変わらず微々たる額。武芸の腕前にしても名だたる剣客に比べれば足元にも及ばぬが、今のところは二人を護っていくのに事足りる。

持てる力が及ぶ限り、これからも変わらぬ想いの下で生きていこう。

そんな決意を揺るぎないものとするために、十兵衛は清正公寺への参拝を日課としていた。

熊本には一度も訪れたことがなかったが、肥後流の抜刀術を授けてくれた師匠が生まれ育った地と思えば、自《おの》ずと親しみもある。

何よりも、この寺の本尊は武士として敬わずにはいられない、加藤清正公。

無心になって祈りを捧げ、己を日々見つめ直すのに、これ以上ふさわしい場所はあるまい。

常の如く、十兵衛はおごそかに題目を唱える。

「南無妙法蓮華経《なむみょうほうれんげきょう》……」

と、背後から足音が聞こえてきた。

足の運びこそ静かでも、下駄を履いていれば音はする。

人が祈りを捧《ささ》げている最中に無粋なことだが、あちらもお参りに来たからには場を譲ってやらねばなるまい。

合掌を解いた十兵衛は本堂に向かって一礼し、踵を返す。

やって来たのは一人の武士。

暑い最中でも折り目正しく、羽織袴を着けている。

襟もきちんと正していたが、どうしたことか笠をかぶったままでいた。

十兵衛の横をすり抜け、本堂の前に立つ。

やはり、笠を脱ごうとはしない。

身だしなみは良いくせに、無礼な真似をするものだ。

昼下がりで陽射《ひざ》しもきついとなれば脱ぎたくないのもやまやまだろうが、ここは小なりとはいえ寺。

しかも清正公を前にして、恥ずかしくはないのだろうか。

余計なお世話と思いながらも、十兵衛は苦言を呈さずにいられなかった。

「もし、おさむらいさま」

「……何だ」

答える声は若々しくも、男にしてはやや甲高い。

どことなく、ムッとしているようにも聞こえた。

気分を害しての態度ならば、とんだお門違いである。

十兵衛は続けて言った。

「仏さまの前ですよ。かぶり物はお脱ぎになられませ」

「余計なお世話だ」

背中越しに返す、武士の言葉はそっけなかった。

十兵衛のことなど意に介さず、本堂に向かって手を合わせる。

笠を脱ぐ素振りも見せぬどころか、こちらを向こうとさえしない。

こういうとき、町人の身なりでいるのは不自由なもの。

同じ士分として接することさえできれば強く説き聞かせ、物の道理を分からせてやるのも容易い。話にならなければ、少々痛め付けてやってもいい。

だが、今の十兵衛は甘味屋のあるじ。

着衣も地味な木綿物で、立場の違いは明らかだ。

こんな格好で説教など始めれば、無礼討ちにもされかねない。
腹立たしい限りだったが、ここは大人しく退くしかあるまい。
怒りを抑え、十兵衛は歩き出そうとする。
その背に向かって、甲高い声が投げかけられた。
「待て、素町人」
「…………」
十兵衛は立ち止まった。
偉そうな言い方よりも、気にすべきは相手の出方。
まさか、国許からの刺客だったのか。
そうだとすれば、場所を選ぶべきだろう。
ここは大名の屋敷内。
別邸とはいえ、騒ぎを起こして問題になるのは襲う側のはず。
一体、何を考えているのか。
背を向けたまま、十兵衛は相手の出方を待つ。
刃を向けられれば、速やかにかわして制するのみ。

相手も素性を明かすわけにはいかぬ以上、腕をへし折ってやった後は身に覚えのないことで襲ってきた暴漢に仕立て上げ、こちらも退散しがてら、屋敷からつまみ出せばいい。門番も屋敷地の一角で騒ぎが起きたと上役に知れれば困るため、何もなかったことにしてくれるはずだ。

さて、どう出るのか——。

両腕を体側に下ろし、十兵衛は静かに息を調える。

自然体は、敵のいかなる動きにも応じられる臨戦態勢。

辺りは静まり返っていた。

門番はみやげのまんじゅうをぱくついているのか、詰所から姿も見せない。

他の藩士たちも庭を見廻るのを怠り、午後のきつい陽射しを避けて屋内で涼んでいるらしい。

と、境内の木にとまった蟬《せみ》が鳴き出す。

盛大な鳴き声に乱されることなく意を決し、十兵衛は背後に向き直った。

武士は笠をかぶったままでいる。

それでいて、刀を抜く様子は見せない。

続いて発した言葉も威嚇ではなく、意外な問いかけだった。

「ちと尋ねるが、笑福堂と申す甘味屋を知らぬか」

「は？」

「界隈に住まい居《お》るのなら、存じておるであろう」

声こそ高いが、問いかける口調は柔らかい。

笠をかぶったままなのを、悪びれてなどいなかった。

この若い武士にとって、かぶり物で顔を隠すのは自然なことらしい。

誰に何を言われても改めぬつもりでいるのなら、十兵衛が一言浴びせたところで気にしないのも当たり前。もとより、こちらに危害を加える気など皆無だった。

「笑福堂に何のご用なのですか、お武家さま」

「決まっておろう。菓子を購《あがな》うのだ」

呆気《あっけ》に取られた十兵衛に、武士は微笑み交じりに答える。

顔を隠したままでいても、声が甘くなったのはすぐに分かった。

「存じ寄りの旗本のご隠居からすすめられたのだ。だまされたと思うて足を運んでみるがいい、それだけの値打ちがある店じゃよと言われてな……。清正公にお参りかたがた、出て参ったという次第よ」

弾む言葉から、期待に胸をふくらませているのが伝わってくる。

「左様にございましたのか」

十兵衛は安堵した。

知らぬ間に、信義は店のことを触れ回ってくれていたのである。

粋な計らいに謝しながら、武士に告げる。

「それではご案内いたしまする。どうぞお出でなされませ」

「かたじけない」

答える態度に、とげとげしさなど微塵《みじん》もない。

善くも悪くも、無邪気な質なのだ。

笠こそかぶったままでいても、武士は礼儀を心得ていた。

去り際に本堂へ向き直り、頭を下げるのを忘れない。

「されば参るか」

「はい」

微笑みを返し、十兵衛は先に立つ。

「おや……」

後に続こうとしたとき、武士は不思議そうな声を上げた。

鼻をくんくん動かし、嗅ぎ取ったのは甘い香り。

十兵衛の着物から漂い出た、菓子の匂《にお》いだった。

「おぬしはもしや、甘味屋で働いておるのではないか？」

「ははは、お分かりになられましたか。本日はお運びいただき、誠にありがとうございまする」

「人が悪いな。ならば最初から申すがよい」

笠の下で武士は苦笑する。

網代《あじろ》笠の縁から覗《のぞ》いた顎《あご》は、まるみを帯びている。

張りのある唇も、紅を差したかのように色鮮やかだった。

二

新大橋を逆に渡り、二人は深川元町に戻った。

のれんを潜ると、店は満員。

松三と弟分の人足衆が、大挙して押しかけていたのだ。

「よぉ旦那。今日は早じまいだったんでな、みんなして寄らせてもらったぜぇ」

にやりと笑ってみせる松三は、もちろん遥香が目当て。

出かける前に補充しておいた重箱の菓子は、早くも無くなりつつあった。

それもそのはずである。

「今日は俺のおごりだ。遠慮しねぇで、もっと食え！」

松三は弟分たちをあおり立て、先ほどから菓子をがんがん食わせていたのだ。

毎朝お馴染みの竹吉と梅次は黙って従っていたが、はじめて連れてこられた人足たちは、早々にうんざりしている様子だった。

「おともするなら縄のれんのほうがありがたかったんですがねぇ、兄い……」

「ばかやろう、酒代なんぞはてめーで何とかしろい」

おずおずと言い出したのを叱り付け、松三はここぞとばかりに宣言する。

「これから俺が出してやるのは菓子のお代だけだからな。覚えておきやがれい」

「そんなぁ、殺生ですぜ」

「うるせぇぞ。その重箱もとっとと空にしちまえ！」

どうせ兄貴分の貫目を示すために振る舞うのなら、酒より菓子に銭を遣ったほうが遥香の気を惹く役に立つので一石二鳥。

そんな思惑に気付くことなく、当の遥香は無邪気に喜んでいた。

「まぁまぁ、たくさん召し上がってくださってありがとうございます」

「い、いいってことよ」

間近で頭を下げられ、うなじの白さに松三はどぎまぎする。

弟分たちに太っ腹なところを見せつけて、有無を言わせず菓子を食わせながらも純情なところは相変わらずだった。

ともあれ大入りなのは十兵衛にとっても喜ばしいことだが、困ったことに連れてきた武士を座らせる場所がない。

「私はこちらで構わぬぞ、十兵衛どの」

「よろしいのですか？」

「なーに。風が涼しゅうて、かえってくつろげるというものさ」

当惑するのに微笑み返し、武士は店先の床机に座る。

腰を落ち着けても、笠はかぶったままだった。

中でくっちゃべっている松三たちは、武士の存在など気にも留めない。もとより、二本差しなど恐れていない男たちなのである。

信義ほどの大物が現れたとなれば退散せざるを得ないが、腹の底では旗本八万騎など物の役にも立たぬと見なし、いつも小馬鹿にしている。

いざとなれば直参など当てにせず、相手が異人であれ、盛んに幕府に揺さぶりをかけている大名家であれ、江戸に攻めてきたときには自ら立ち向かおうという気概があればこそ、豪胆でいられるのだ。

交わす会話にも、遠慮など有りはしない。

「そういや、また異人斬りがあったそうだな」

「聞いてるぜ。こないだの川開きの夜に、東禅寺《とうぜんじ》で二人やられたそうだ」

「怪我《けが》ぁ負わせただけらしいぜ。ったく、水戸っぽもだらしねぇや」

そんなやり取りを耳にしても、若い武士は涼しい顔。

どうやら勤王も攘夷も頭に無い、気楽な立場であるらしい。

それでいて、剣の腕には覚えがあると見なされた。

殊更に語らずとも、たたずまいから察しは付く。

十兵衛ほどではないが身の丈は高く、四肢もすらりと長い。

腕はさほど太くなかったが、胸は厚い。

床机に据えた尻はまるみを帯び、重心が安定していた。

背筋を伸ばして座った、右膝の脇には刀。

革かと見紛《みまが》うほど、柄《つか》の菱《ひし》巻きに光沢がある。

日頃から抜き差しすることを繰り返し、打ち振るい、手のひらの汗と脂を吸って硬くなるに至ったのだ。

これほど刀を手慣らしていれば、よほど修行に打ち込んできたと見なしていい。

「お待たせしました、お武家さま」

台所に立った十兵衛と入れ替わりに、遥香が茶を運んでくる。

「岩井のご隠居さまがご紹介くださったそうですね。お越しいただき、ありがとうございまする」

「う、うむ」

にこやかに微笑みかけられ、うなずく態度はぎこちなかった。

まさか松三の如く、一目惚れでもしたのだろうか。

笠をかぶったままでいるため、表情まではうかがい知れない。

「さぁ、どうぞ」

そんな素振りにこだわらず、遥香は茶をすすめる。

受け取った碗は例によって、湯かげんもちょうどいい。

熱さで取り落とすこともなく、ホッとした面持ちで武士は茶をすする。

「して、何を食わせてくれるのだ」

「お申し付けくだされば、何なりとご用意いたしまする」

「ならば、寒天を多く使うたものにしてもらえぬか」

「寒天、でありますか？」

「このところ太り気味なのでな……腹の通じを良くしたいのだ」

戸惑う遥香に、そっと武士は言い添える。

どことなく、照れ臭そうな響きを帯びた声である。

「承りました。少々お待ちくださいましね」

笑顔でうなずきながらも、遥香は不思議に思った。

甘いものが好きでありながら太ることを、しかも男が気にするとは妙な話。

ともあれ客が望むのならば、注文を通さねばなるまい。

「寒天を多めに、でありますか？」

遥香の話を聞いて、十兵衛も戸惑った。

凝るのは構わぬが、暑い盛りのことである。

日当たりの強い店先で、あまり長くは待たせられない。

しばし考えた後、十兵衛が用意したのは一碗のところてん。

いつでも出せるように、毎日仕込んでいるものだった。

甘味屋には、時として菓子が苦手な客も訪れる。

男同士、女同士、あるいは男女の二人連れでも、やむなく付き合いで店に入りはしたものの、茶ばかり飲んでいるしかない。

そんな人々のために、十兵衛はテングサを毎日煮固めておく。固まりを天突き器で押し出して麵状にし、サッと水にさらしたのを供すれば、後は客任せ。好みに応じて醬油《しょうゆ》や酢をかけてもらえばいいだけなので、手間もかからない。

むろん、甘味を求めて足を運んでくれた武士に出すからには、工夫が必要。

器に押し出したところてんの上にこしあんを載せ、黒みつをかける。上方で砂糖やきな粉を用い、甘くするのに倣《なら》ってのことである。

「お待たせいたしました」

「もうできたのか?」

早々に戻った遥香に驚きながらも、武士は器を手に取った。

「これは……」

驚くのも無理はなかったが、まず食べてもらわねば話にならない。

「どうぞお召し上がりくださいまし」

「う、うむ」

遥香の満面の笑みに促され、武士は恐る恐る箸を伸ばしていく。

あんこと黒みつをたっぷりからめ、半信半疑で一口する。

笠の下で漏らしたのは、満足げな吐息。

「……美味い……」

その後の箸の動きは速かった。

よほど気に入ったらしい。

「もう一杯もらえぬか。黒みつ増しで頼む」

「はーい、ただいま」

たちまち碗を空にして、おかわりまで所望するほどだった。

三

店先の床机に陣取った武士は、甘ったるいところてんを三杯も平らげた。

「うむ……」

満足した様子でつぶやき、最後に所望したのは熱いお茶。

渋みのある煎茶が、口の中に残った黒みつとあんこの味を心地よく洗い流す。

「ありがとうございました。またのお越しをお待ちしております」

「こちらこそ、かたじけない」

勘定を済ませた武士は、笑顔で遥香に告げる。

「まことに美味であった。いずれまた、寄らせてもらうぞ」

笠をかぶったまま会釈をし、歩き出す足取りは軽い。

店先から遠ざかっていく下駄の音も、軽快そのものだった。

凛々《りり》しい武士の背中に向かって頭を下げ、遥香はのれんを潜る。

店の中では、十兵衛が茶を淹《い》れていた。

がらんとした板の間に、客の姿は見当たらない。

松三たち人足衆はいち早く引き上げ、河岸で仕事を始めていた。

客足が途絶えたひとときは、十兵衛たちの休憩時間。

人様が汗を流して働いている最中に一服するのは心苦しいが、手が空いたときにこまめに休んでおくのも、客商売の心得である。

「しばし休みますか」

「はい」

遥香はこっくりとうなずき返す。

相変わらず、三十路《みそじ》とは思えぬほど若々しい。

十兵衛とは童顔同士の取り合わせだった。

歳より若く見えるのは、智音も同じ。

「智音さまも、どうぞこちらへ」

目をこすりながら二階から降りてきたのを、十兵衛は笑顔で迎える。

答えることなく、智音は草履を突っかけて土間に立つ。

勝手口を出て向かった先は、路地の奥にある惣後架。

一人きりで用を足しに行けぬのは、闇が恐い夜だけのこと。日中ならば、誰かに付き添ってもらうには及ばない。

寝起きの小用を済ませて戻るのを、十兵衛と遥香は茶を飲みながら待っていた。

「ところてんがよく出ましたね。お疲れになったでしょう？」

「何のこれしき」

「まぁ、頼もしいこと」

「実を申さば少々骨が折れました。はははは……」

他愛のない言葉を交わしていると、ぱたぱた足音が聞こえてくる。

智音は勝手口を潜り、まっすぐ歩み寄ってくる。

専用のちいさな碗に注がれた茶は程よく冷めて、飲みごろになっていた。

とはいえ、子どもは茶を淹れてもらったぐらいで気を惹かれはしない。

つぶらな瞳を釘《くぎ》付けにしたのは、黒みつとあんこをたっぷり盛った、見たこともないところてん。智音が昼寝から目を覚ましたら食べさせてやりたくて、一碗だけ取り分けておいたのだ。

「これ、なに？」

「美味しゅうござるぞ。さぁ、召し上がれ」

告げる十兵衛の声は明るい。

傍らに座った遥香も、にこにこしている。

恐る恐る、智音は箸を取った。

ちゅるんとすすり、口をもぐもぐさせて飲み込む。

しばしの間を置いて述べたのは、もっともな感想。

「……あんこのあじしかしないよ。つまんない」

ぶつぶつ文句を言いながらも、箸の動きは止まらなかった。

目の輝きを見れば、堪能しているのは分かる。

智音はもとより甘味好き。

藩主の息女として乳母日傘で育てられていた当時から、食が細いのに菓子だけは欲しがり、遥香に叱られてばかりだったという。

そんなわがまま娘が江戸に移り住み、戸惑ったのも当然だろう。

これまでは見た目も可愛い、上品な生菓子や干菓子しか知らなかったのに、今や身の回りにあるのは安価なまんじゅうやおはぎ、ようかんの類《たぐい》ばかり。

甘味屋は庶民向けの小商いなのだから当たり前だが、お蚕《かいこ》ぐるみで育った少女にそんな事情が分かるはずもない。寝起きする場所ばかりか、大好きな菓子の品揃えまで一気に粗末になって智音は立腹し、十兵衛が気を遣って何をこしらえても興味を示さずにいたものだが、近頃は少しずつ口にしてくれるようになってきた。

きっかけは、岩井信義と仲良しになったこと。

長年の菓子三昧で歯を悪くしたのを恥じて隠し通し、好物を口にできぬ苛立ちを周囲にぶつけていたご隠居も、あれから素直に治療を受け、再び甘味を楽しむ日々を送っている。

差し歯では以前ほど好き放題に食べまくるわけにもいかないが、笑福堂を訪れるたびに智音を膝に載せて孫の如く可愛がり、一緒に菓子をぱくついている。

信義と親しく接するうちに、智音は知ったのだ。

庶民向けの手頃な菓子も、馬鹿にしたものではない。

そして十兵衛には、あの信義をうならせるだけの腕がある。諸国の菓子を味わい尽くし、目と舌の肥えた老人を満足させるものが、不味《まず》かろうはずはない。

幼いながらに理解して以来、口も付けずに突っ返すことはしなくなった。

信義の前では借りてきた猫の如く大人しく、遥香を交えた三人で食べるときにも文句こそ言うものの、ほとんど残さずに平らげる。

甘いところてんも、どうやら気に入ったらしい。

旺盛な食欲を発揮する少女を見守りつつ、遥香と十兵衛は笑みを交わす。

客足が途絶えた一時の、微笑ましい団欒《だんらん》だった。

ふと、遥香が思い出した様子で口を開いた。

「時に十兵衛どの、先ほどのお武家さまなのですが」

「何とされましたか、御前さま」

「もしや、おなごではありませぬか」

「えっ？」

「身なりも立ち居振る舞いも男らしゅう装っておいでででしたが、あの腰つきと匂いはとても殿御のものとは思えませせぬ。お武家育ちには違いありませぬが、恐らくは若い娘さんでありましょう」

「成る程……武家は武家でも、娘御にござったか……」

十兵衛は納得した様子でうなずく。

言われてみれば、思い当たる節は幾つもある。

声が妙に甲高く、笠の下から覗いた顎は妙につるりとしていて、無精髭《ぶしょうひげ》どころか剃り跡ひとつ見当たらなかった。

ずっと笠で顔を隠していたこと自体が、そもそもおかしい。

面体を見られれば、すぐに女と分かってしまう。

そう承知していればこそ、参詣中もかぶり物を取らずにいたのだ。

しかし、体型ばかりはごまかしきれない。

上背こそあるものの肩幅はそれほど広くなく、腕も細い。

胸板だけは妙に厚かったのも、さらしを巻いていたと見なせば納得できる。

それでいて遥香が見抜いた通り、腰回りと尻は肉置《ししお》きが豊かであった。

十兵衛自身、店先の床机に腰を下ろしたときに、目に留まったことだ。

あれは刀を打ち振るうときに土台となる足腰を意識して鍛え、努力を重ねて筋を太くしたわけではない。生まれついての、隠しようのない体つきだったのだ。

下駄を履いた足も小さめである上に、手入れが行き届きすぎていた。

男でも稽古中に誤って剃《は》がさぬように爪こそ切るが、足の甲に生えたむだ毛までいちいち剃りはしない。冬場は凍《い》てつく道場の床を踏むせいで肌荒れし、あかぎれやひび割れを避けられぬことだろうが、暑い盛りにむき出しにした足はつま先までつるんとしており、水虫の跡など見当たらなかった。

思い起こせば、どこを取っても女以外の何者でもない。

「危ない真似をするものですなぁ」

思わず十兵衛がつぶやいたのも、無理はあるまい。

公儀から苗字帯刀を認められてもいない者が大小の二刀を差して歩けば、男女の別を問わず、重い罪に問われるのが御定法。武家の生まれであろうと、女の身で刀を帯びることは許されない。

しかも、今日びの江戸で武士になりすますのは命の危険を伴う。

昨今は不穏な世情に乗じて二本差しを装い、攘夷浪士の軍資金集めを騙《かた》って大店《おおだな》に強請《ゆす》りたかりを働く小悪党が出没しつつあったが、正体が露見するたびに現場で粛清されている。本物の志士たちはむろんのこと、役人も放ってはおくまい。

女と分からぬまでも偽浪士と間違われ、斬られたらどうするつもりなのか。

一見のどかな本所・深川の界隈にも、役人の目は光っている。

去る二月から新大橋の袂《たもと》に設けられた番所は言うに及ばず、清正公寺がある熊本藩下屋敷の番士たちも公儀の手先ではないとはいえ、男装した娘が参詣しに来たと気付けば、見逃しはしなかっただろう。

そんな不安を、遥香は一笑に付した。

「大丈夫ですよ、十兵衛どの。あのお方は、相当お強うございますもの」

「お分かりになりますのか、御前さま？」

「はい」

驚く十兵衛に、遥香はさらりと告げる。

「国許で御殿に詰めておった女武芸者にも、あれほどまでに隙の無い者は一人たりとも居りませなんだ。あの者たちとて弱くはなかったのは、十兵衛どのもご承知のことでありましょう」

「左様にござったな……あの折は、手こずり申した」

十兵衛は遥香と智音を連れ、国許を脱出した日のことを思い出していた。

薙刀《なぎなた》を振りかざして行く手を阻み、斬ってしまうわけにもいかない十兵衛に苦戦を強いた腕自慢の腰元たちを上回るほど、あの娘は強い。

重い大小を帯びて歩くのに慣れており、身のこなしにも隙が無いのは、境内で出会ったときから承知の上。

男さながらに、剣の修行を積んできたと見受けられる。

しかも防具を着けて竹刀で打ち合う撃剣だけではなく、本身を用いた稽古に日々取り組んでいるに違いない。剣術形であれ居合であれ、刀を毎日握り、根を詰めて打ち込まなければ、柄糸が革の如く、光沢を帯びるまでには至らぬからだ。

どうして男になりすますのかは定かでなかったが、うら若い女の身で厳しい修行など、よほど固い決意が無くては続けられまい。事情も知らずに咎めては、失礼というものだろう。

それに、甘味好きには悪人などいないはず。

智音と同じで、少々ひねくれ者であるぐらいが可愛くていい。

十兵衛がそんなことを考えているとは思いもよらず、甘いものに目のない少女はちゅるちゅると音を立て、ところてんをすするのに忙しい。

無味無臭のテングサに、甘い黒みつとこしあん。寒天を使った甘味が食べたいと所望され、とっさに思いついたにしては、良くできた取り合わせだった。

また来たときは正体に気付かぬふりをし、甘みをたっぷり効かせた、お気に入りの一碗を出してあげよう。

口の周りを黒みつだらけにした智音に微笑みながら、そう思う十兵衛だった。

四

竪川《たてかわ》のたゆたう川面に、紅い夕陽が射《さ》している。

本所と深川の境目辺りを東から西へ直流し、大川と中川をつなぐ竪川は、南側を流れる小名木川と同じく、江戸でも有数の運河のひとつ。

荷船やいかだに組んだ材木が毎日行き交い、散策や釣りを楽しむ人も多い河岸の周辺には大名から旗本、御家人に至るまで、大小の武家屋敷が集まっていた。

「ヤーッ！」

そんな武家地の一画から、気合いの入った声が聞こえてくる。

「トォー！」

武者窓越しの声は、男のものにしてはやや甲高い。

その稽古場は、佐野《さの》家の屋敷の離れに設けられていた。

平側衆《ひらそばしゅう》を務める佐野家は、五千石取りの直参旗本。

将軍家から授かった屋敷があるのは、本所の回向院裏。十兵衛が店を構える深川の元町とは竪川を隔て、やや離れている。

その屋敷内に設けた稽古場は、小さいながらも本格の道場と同じ造り。

きちんと神棚が祀られ、床の間も設けられている。

板敷きの床の素材は、一本の材木から切り出された一枚板。

ふつうの継ぎ板よりも弾力に富むので、前後左右に激しく動く剣術の稽古場には最適の床材である。縁の下には床を踏み鳴らす音を吸収し、埃《ほこり》が舞うのも防ぐ工夫として、縦に張り巡らした板に沿って溝が掘られていた。

その床板をばーんと踏み、木刀が唸りを上げる。

次の瞬間、相手の木刀が音を立てて床に転がり落ちた。

「ま、参りましたっ……」

一撃で打物を叩《たた》き落とされ、しびれる手をついて降参したのは若い家士。

「どうしたのだ？　次じゃ、次っ」

促されても、続いて名乗りを上げる者は誰もいない。

「ご、ご勘弁くださいませ……」

「もはや、我ら如きに姫さまのお相手は務まりませぬ……」

「おなごを相手にだらしがないぞ！　皆、しっかりせぬか!!」

弱音を吐くばかりの家士たちを、その姫君は叱りつける。

昼下がりの笑福堂で甘いところてんをすすりつつ、笠の下で浮かべていた明るい笑みは、今やどこにも見当たらない。

きっと目を吊《つ》り上げた様は、夜叉《やしゃ》そのもの。

なまじ顔立ちが整っているので、尚のこと険しく見える。

屋敷に戻って早々に装いを改め、稽古を始めて一刻近く。

女人にしては上背のある、伸びやかな体にまとっていたのは、刺し子の道着と藍《あい》染めの綿袴。胸元を隠したさらしを除けば、男と変わらぬ稽古用の装いだった。

髪も月代こそ剃っていないが長さを調え、鬢《びん》付け油できっちりと固めていた。

「よし、来いっ」

恐る恐る構えを取った家士に応じ、ぐわっと木刀を振りかぶる。

「エイ！」

「ヤッ！」

木刀を交える音が、板敷きの稽古場に響き渡った。

男を相手に打ち合いながら、姫君は一歩も退こうとせずにいる。

眦《まなじり》を決した表情は、猛々《たけだけ》しくも美しい。

ほんの少しでも化粧をすれば、さぞ引き立つことだろう。

だが、この姫君に洒落《しゃれ》っ気など有りはしない。

あるのはただ、強くなりたい一念のみ。

幼い頃から変わらぬ願いを叶えるため、稽古に励むばかりの日々だった。

付き合わされる家士たちはいい迷惑だが、主君の溺愛する姫君に逆らうわけにはいかない。

防具を着けて竹刀を交えるだけならば、毎日でも辛抱できる。

しかし、当たれば大怪我をしかねない木刀を握らされ、女ながら腕利きの姫君が力強く打ち込んでくるのを相手取らねばならぬとあっては、音を上げたくなるのも無理はなかった。

大名や旗本の後継ぎにありがちな、自分は強いと思い込んでいる若殿のお守りであれば稽古など適当にお茶を濁し、ご機嫌さえ取っておけば済むだろう。

されど佐野家の姫君は、気性も腕前も男勝り。

自分が遠慮をせぬ代わりに、家士たちにも手を抜くのを許さない。怪我を負わせまいと気遣ったのを知られれば、逆に不興を買うのが毎度のことだった。

「何としたのだ、手の内が甘いぞ」

「は、ははっ……」

「声が小さい、しっかりせぬか！」

「ま、参ります！」

姫君に叱り付けられ、家士は懸命に打ち込んでいく。

手加減をする余裕など、有りはしない。

音も激しく木刀を交えた、その刹那。

「トォー！」

腰を入れて押し返し、間を置くことなく姫君が決めたのは胴への一撃。

「ううっ……」

家士はよろめき、踏みとどまれずに膝を突く。

わざと打たれたわけではない。

姫君の腕前は、すでに彼らの及ぶところではなかった。

体さばきが俊敏な上に、刀さばきも上を行っている。

身の丈もそれほど変わらず、腕っ節は姫君のほうが強い。

木刀を当てる瞬間に手加減をしてくれなければ、打ち身だけでは済まされず、骨まで折られていただろう。

「ま、参りましたっ」

痛みに耐えて平伏するのに、姫君は無言で礼を返す。

稽古に付き合わせたことに謝してはいても、甘い顔まで見せはしなかった。

それでも、長々と付き合わせることはしない。

家士たちの本来の勤めは、主君である父のために働くこと。

私事でいつまでも拘束しては、気の毒だ。

「本日はこれまでといたす。皆、大儀であった」

「ははーっ」

家士たちを引き取らせ、姫君は夕闇の迫る道場に一人残った。

まだ腹は空いていない。

深川元町の甘味屋で口にした、黒みつとあんこ入りの甘ったるいところてんは、意外なほど腹持ちが良かった。

三杯もお代わりしたのだから、当たり前と言うべきか。

ふっと苦笑し、姫君は木刀を振りかぶった。

「むんっ！」

踏み出す足に合わせ、頭上から大きく弧を描いて振り下ろす。

先ほどまでの立ち合いと違って動作がゆっくりしているのは、刀と体のさばきを正確に行うための訓練だからである。

地道な鍛錬の積み重ねこそ、上達への早道。

剣術三昧の姫君は、そのことを日々心がけていた。

繰り返し木刀を振るう動きは淀《よど》みなく、力強い。それでいて所作のひとつひとつが柔らかいのも、うら若い女人ならではのことだった。

五

姫君の名は美《み》織《おり》、二十一歳。

年頃になっても娘らしくしようとせず、男の子にとって元服に当たる、女の子の髪上げの儀も拒み、ずっと男装で過ごしてきた佐野家の末娘は、二十歳を過ぎていながら嫁に行くことなど考えてもいなかった。

幼くして父の友人の剣術遣いに入門し、腕を磨いて十余年。

同じ道場で太刀打ちできる男など、今や一人もいない。

しかし、喜ばしいことばかりではなかった。

強すぎる女は敬遠される。今は、そんな時代だからである。

政局が不安定な昨今は、かつてなく武士の強さが問われていた。

思わぬ襲撃で命を落とした井伊直弼の如く、いつ何時、主君が暗殺の刃を向けられるのか定かでない。同じ大名の家中においてさえ意見が対立し、刃傷沙汰《にんじょうざた》に発展する事件が後を絶たぬとあっては油断大敵。直参も陪臣《ばいしん》も警戒を怠らず、これまで修行を怠っていた者たちも、腕を磨き直すことに余念がなかった。

にもかかわらず、美織の道場で稽古するのは古株の門人ばかり。

竹刀と防具を採り入れず、木刀のみ用いる剛直さが昨今の物騒な世相にはむしろ合っているはずなのに、この一年、新たな入門者は現れずじまい。

原因は何者かがばらまいた、心ない噂。

あの道場では夜叉のような、男勝りの姫君が幅を利かせている。

甘く見て試合を申し入れたり、道場破りを試みて、思い切り打ち負かされた者は数知れず。

同門の仲間にさえ容赦しないのだから、入門は思いとどまったほうがいい。

不本意な噂を立てられて、早くも一年が過ぎていた。

風聞の的にされた美織は、肩身が狭くて仕方がない。

ほとんどの武士がだらしなくしていても済まされた、文化文政辺りの平和な時代であれば、女に打ち負かされたところで誰も恥とは思うまい。

むしろ評判の女剣客に一手ご指南願おうと鼻の下を伸ばし、のこのこ足を運んでくる好き者どもが群がるのが自然というもの。

あの桜田門外の変が起きるまでは、美織の武勇伝が市中で評判になるたびに入門を望み、道場を訪れる者が実際に多かったのだ。

むろん、剣術修行は甘くない。

ほとんどの者は美織の足元にも及ばぬまま早々に逃げ出し、反省して真面目《まじめ》に剣を学ぼうと考えを改めた者のみが残るので、何の問題はなかった。

結果として淘汰《とうた》されるとはいえ、押しかけた男たちにいやらしい目でじろじろ見られるのは、美織にとって不快な限り。

しかし、誰も寄り付かぬのも困ってしまう。

よそは栄えているのに、恩師の道場だけが敬遠されるのは自分のせいと思えば顔も出しにくい。美織が屋敷内に引きこもり、家士たちにばかり相手をさせるようになったのも、致し方のないことだった。

北辰《ほくしん》一刀流の千葉姉妹の如く、男顔負けの強者《つわもの》は他の流派にもいる。

だが、宗家の姪《めい》である彼女たちと違って、美織は一門下生。父の旧友が営む道場とはいえ、我が物顔に振る舞うわけにはいかなかった。

それにしても、どうして女が強くてはいけないのか。

剣術修行に熱中し、嫁に行かずにいるのは、そんなに悪いことなのだろうか。

美織には分からない。

道場に通いたくても通えない憂さを晴らす方法は、こうして屋敷内の稽古場で汗を流すことと、笠で顔を隠して近所を散策することのみ。

今日の散歩には、思わぬ収穫があった。

かつて御側御用取次だった岩井信義から、甘味好きなら足を運んでみる値打ちがあると教えられた笑福堂が、何とも心地いい店だったからだ。

このところ、美織は甘いものに飢えていた。

以前は信義の屋敷にしばしば招かれ、あるいはお忍びで出歩くのに同行し、菓子のお相伴に与ったものである。

幼い頃から甘味を好み、父の上役だった信義に孫の如く可愛がられてきた美織にとって、亡き祖父を彷彿《ほうふつ》させる好々爺との交流は心安らぐものだった。

にもかかわらず、近頃は無沙汰続き。

信義が虫歯の治療を受け、菓子どころではなかったからだが、甘味好きの隠居と会うのを避けた一番の理由は、肥え太るのを避けるため。

道場通いをしばらく休んでいるうちに、美織は肉づきが良くなった。屋敷に引きこもっていれば自ずと食が進み、いらいらして甘いものが欲しくなるのも当たり前。しかし剣術修行に勤《いそ》しむ身でありながら、ぶくぶく太ってしまってはみっともない。

恥を忍んで往診を頼んだ医者に尋ねたところ、食事の量を減らした上で、甘味も断つことを勧められたのだ。

口寂しいのを我慢するのに良いと言われたのは、するめや塩昆布。

とりわけ空腹を補うのに最適なのは、こんにゃくや寒天とのことだった。

幾ら食べても身に付かず、おまけに通じを良くしてくれるのだから、減らした飯の代わりにするつもりで、どんどん口にしたほうがいい。

そんなことを言われても、無理な相談である。

美織はするめや塩昆布にも増して、ふにゃふにゃした素材を用いた菓子や料理、中でもところてんが大の苦手。美味しいと感じたことなど一度もなく、嫌々ながら口にしても酢醤油《すじょうゆ》にむせてしまうばかりで、早々に箸を置くのが常だった。

致し方なく飯を減らし、空腹で毎日ふらふらになりながらも、嫌いなものに手を伸ばしたいとは思えなかった。

そんなところてんを美味しく食べられる、しかも甘い菓子に仕立ててくれたのが初めて訪れた笑福堂のあるじ——十兵衛だった。

（岩井のご隠居が仰せの通り、気持ちのいい御仁であったな……。菓子作りの腕前も申し分ない……）

夕闇の中、木刀を繰り返し振りながら美織は微笑む。

嫌悪の念を抱くことなく異性と接したのは、久しぶりのことだった。

親しみやすい童顔をしているだけで、安堵させられたわけではない。

（あの香り……ふふっ、たまらぬな）

思い出し笑いを誘ったのは、十兵衛の体から漂い出ていた、甘い芳香の記憶。

訪ねる先のあるじと知り、あの香りをひと嗅ぎしたとたん気分が安らぎ、ずっと我慢してきた甘味が食べたくてたまらなくなったものである。

いつも身綺麗《みぎれい》にした上で、髪を結うのにも鬢付け油を用いずにいればこそ、日々の菓子作りで染み付く匂いが濃厚に残るのだろう。

そんな文字通りの甘い雰囲気に似合わず、武芸の腕はかなり立つ。

清正公寺の境内でこちらに警戒し、取った体勢には隙が無かった。

曲者《くせもの》と間違われたのは大いに心外だったが、美織が不快の念を面に出さなかったのは十兵衛を人品賤《じんぴんいや》しからぬ、ひとかどの男と見なせばこそ。

それにしても、気位の高い美織が敬意を払いたくなるほどの手練《てだれ》が、町の片隅で小さな甘味屋を構え、目立たぬように暮らしているとは解せぬことだ。

信義から詳しい素性は聞かされていなかったが、元は武士に違いあるまい。まだ若いのに朴訥《ぼくとつ》で、態度も言葉遣いも折り目正しいことから察するに、ちゃきちゃきの江戸っ子を気取って口調もべらんめぇな旗本や御家人ではなく、地方の大名家に仕える藩士だったと思われる。

品のある立ち居振る舞いを見たところ、親の代からの浪人とも考えがたい。主家を離れて、まだ何年も経ってはいないはずだ。

腕が立つ上に人柄も良さそうなのに、どうして浪々の身となったのか。

尊王攘夷の風潮に影響を受け、自らの意志で脱藩に踏み切った志士であるのなら話も分かるが、日の本を何とかしようと大望を抱く男が、町の片隅で日銭を稼ぐ客商売など営むわけがない。身過ぎ世過ぎをしながら討ち入りの機を狙う、赤穂《あこう》浪士とは違うのだ。

幕府も諸藩も、今は優秀な人材を必要としている。主従の縁を切られた理由が些細なことならば、かつての主家も前科を赦《ゆる》し、早々に呼び戻すはず。

（よほどの訳あり……そういうことか……）

人には、それぞれの事情がある。美織の生き方も、世間から見れば常軌を逸したものとしか思えまい。

恐らくは笑福堂の一家も、他人に明かせぬ理由を隠しているのだ。

十兵衛のことだけを、美織は不思議に思ったわけではない。

おはると名乗った茶汲み女も、どことなく浮世離れした女人だった。

店のあるじの十兵衛とは夫婦らしい口を利いていたが女房には見えず、さりとて奉公人とも考えがたい。

あの物腰は大奥か、あるいは大名屋敷の奥女中。

それもあくせく働く立場ではなく、実は主君のお手がついていたと明かされても得心できるほど、雅《みやび》な雰囲気を漂わせていた。

何か事情があって二人で逃れ、江戸でも御城下から離れていて人目に付きにくい深川の片隅で、ひっそりと暮らしているのではないか。

ならば、余計な詮索をしてはなるまい。

人の心配ができるほど、今の美織に余裕は無かった。

持ち前の強さに、更なる磨きをかけることしか頭に無い。

いざというとき、後れを取るわけにはいかない。

まして、恨み重なる相手に対しては――。

「むん！」

美織は木刀を振りかぶった。

踏み出すのと同時に打ち下ろす、刀と体のさばきは連動していた。

凜《りん》とした瞳は、ひたと前を向けられている。

美織は漫然と、木刀を振り回していたわけではない。

これまでに学び修めた基本に則し、柄の握りに始まる一挙一動を正しく行うことを心がけながら、仮想した敵に向かって、繰り返し打撃を浴びせている。

相手がいない剣術の独り稽古では、自分と同じ体格の敵を想定し、この仮想敵が間合いに入ってきたのを倒すつもりで技を行い、反復して練習する。

実際に打ち合う掛かり稽古とは別に、そうやって地道に鍛練を積むのだ。

素振りといえども、敵に立ち向かう気構えは欠かせない。

「ヤッ！」

「トォー！」

気合いの入った独り稽古は打ち続く。

稽古場に明かりを持ってくる者は、誰もいない。

灯すには及ばないと、美織からあらかじめ指示をされているからである。

闇に目を慣れさせることも、剣客には必須の心得。

いざ真剣勝負となるのは、昼間ばかりとは限らぬからだ。

照明をすべて消し、相手の気配と月明かりのみを頼りにして、正確な攻防を行う勘を養うための夜間稽古は、美織の道場でもかねてより行われていた。

今の美織は、道場に行きたくても行けない立場。

だからといって、木刀の扱いにさえ不慣れな家士たちに無理を強いれば、怪我をさせてしまうのは目に見えている。

思い切り腕を磨きたくても限りがあるのが、何とも歯がゆい。

そんな苛立ちこそ、過食の原因だったことに美織は気付いていない。

食事の量を制限し、間食もしないまま体を動かせば、誰でも無理が生じる。

いつもであれば飯を減らしたのが災いし、素振りはもとより家士たちを相手取る掛かり稽古も集中するのが難儀な美織であったが、今日は違う。

繰り返し木刀を打ち振るう動きは、快調そのもの。

久しぶりに心行くまで堪能した、甘いお八つのおかげだった。

きゅるると腹が鳴り出したのは、窓の向こうの闇が濃くなってからのこと。

構えを解いた美織は、手の甲で汗を払う。

神棚に一礼し、木刀を片付けて稽古場を後にする。

廊下を渡る足の動きは速い。

少々青ざめていながらも、口元には笑みが浮かんでいる。

長らく待っていたものが、期せずして来てくれた——そんな面持ちである。

稽古を終えれば、まずは湯殿で汗を流すのが美織の日課。

肥満を気にし始めてからは入浴する時も長くなり、まだ夕餉前で胃の腑《ふ》が空っぽなのに、湯あたりして頭がくらくらするまで浸《つ》かりたがるので、手に負えない。

だが、今宵は駆け込む先が違った。

「あれ姫様、いずこへお出でに？」

足早に通り過ぎるのに困惑したのは、廊下に控えたお付きの女中たち。

このところ、美織は便秘に悩んでいた。

幼い頃からの薬嫌いで腹下しを飲もうとせず、医者から勧められたこんにゃくも寒天も口にせずにいれば、いつまで経ってもスッキリできぬのは当たり前。

八つ当たりをされる女中たちこそいい迷惑だが、おくびにも不満は出せない。

今のままでは姫様ともども身が保《も》たぬので、いっそのこと今宵は夕餉の吸い物に薬湯を混ぜてみようかと、折しも相談している最中であった。

まさか企みに気付き、奥の私室から刀を持ってきて、お手討ちにするつもりなのではあるまいか。

「お、お許しを……」

「ほんの出来心にございまする〜」

おびえて逃げ出す女中たちには目も呉《く》れず、美織は厠に駆け込んでいく。

苦手なところてんを甘味に仕立ててもらい、たっぷり平らげた上で稽古に励んだ甲斐があってのことだった。

六

「そうであったか。あのじゃじゃ馬が、三杯も喜んで平らげおったか……」

笑福堂を訪れた岩井信義は、遥香から聞き出した話に上機嫌。

十兵衛が美織を店に案内し、甘いところてんを供した翌日のこと。

八つ時を過ぎ、松三ら常連が引き上げた頃合いを狙っての来訪であった。

「まだ具合が今ひとつでのう……過日にこしらえてもろうた白玉の歯でなくては喉を通らぬと思うておったが、うむ……これならば難儀をせぬわ」

信義は笑顔でつぶやきながら、ところてんに舌鼓を打つ。

あんこは差し歯と歯ぐきの間に詰まりかねないと十兵衛が案じ、上にかけたのは黒みつのみだが、申し分のない様子だった。

「うむ、うむ……美味であったぞ、十兵衛」

「恐れ入りまする、ご隠居さま」

台所から出てきた十兵衛は、空になった器を謹んで下げる。

「待て待て」

一緒に箸も片付けようとしたのを、信義は手で遮る。

しわだらけでも指はすんなりと長く、爪の手入れも行き届いていた。

「不調法をいたすでないわ。儂は終いにいたすとは申しておらぬぞ」

「されば、まだお召し上がりになられますのか？」

「当たり前じゃ。早うお代わりを持って参れ」

「ははっ」

催促された十兵衛は、早々に台所へ取って返す。

間をつないでくれたのは、二階から降りてきた智音。

「おうおう、元気であったか」

「はい」

「いい子じゃ。ほれ、じいの膝に座るがいい」

「しつれいいたします、ごいんきょさま」

「うむ、苦しゅうないぞ」

ちょこちょこ歩み寄ってくるのを、信義は満面の笑みで迎える。

今日の供は石田甚平のみ。

口うるさい砂山には屋敷の留守番をさせているので、智音の無邪気な振る舞いを咎められることもない。

その甚平は店先の床机に座り、油断なく目を光らせていた。

一人きりの供であれば、主君の側《そば》から常に離れてはならないはず。

にもかかわらず表で待機しているのは、付きっきりにされるのを信義が嫌がったせいでもあるが、何より十兵衛を信頼していればこそだった。

腕前はむろんのこと、人物も見込んでいなければ任せられぬことである。

幕政の表舞台から退いて久しい身とはいえ、信義は現職の老中や若年寄ばかりか将軍の寄せる信頼も厚い大物。

いつ何時、非業の最期を遂げた井伊直弼の二の舞にならぬとも限らない。

最初に笑福堂に罷り越したときの供揃えの多さも、家中の人々の危惧の念の現れだったのだ。

そんな家臣たちの心配をよそに、当の信義は悠然と構えていた。

「はははは、このしわ首ひとつ取ったところで、浪士どもも何の得にもなるまいよ。それに儂が上様より承りし御用を耳にいたさば、微笑ましゅうて殺気も失せるというものぞ」

「まぁご隠居さま、滅多なことは申されぬほうがよろしいのではありませぬか」

「何の、何の」

心配する遥香に笑みを返し、信義は続けて言った。

「ここだけの話だがの、上様が儂をご城中に呼んでお尋ねになられるのは、近頃は甘味のことばかりなのじゃ」

「まことですか？　京の都より御台所《みだいどころ》さまをお迎えになられるのでありましょう」

「その和宮《かずのみや》様が、甘いものを大層好まれるそうじゃ」

「されば、御台所さまの御為《おんため》に？」

「そういうことじゃ。針のむしろの暮らしを強いるのが心苦しい故、せめてご一緒に口になさる菓子だけでも、都育ちのお好みに合わせてやりたいと申されてのう」

「お優しいのですね、上様は……」

「なればこそ可愛らしゅうて、儂も放っておけぬのじゃよ」

感服した様子の遥香に、信義はにっこり微笑む。

そんな話をしているところに、十兵衛が二杯目のところてんを運んできた。

「そのほうも食べてみるか、智音」

「いただきます」

「よしよし」

箸を取った信義は、まず智音に一口食べさせる。

毒味をさせようとは、もとより考えてもいない。

息子夫婦が子宝に恵まれずにいる信義は、まだ孫を抱くことができない身。他人の子と分かっていても、智音と接するのは何よりの慰めになっていた。

「子どもとは可愛いものじゃ。儂の倅《せがれ》にも、こんな頃があったはずだが……」

ところてんをちゅるちゅる啜る姿に目を細め、つぶやく口調は切ない。

そんな雰囲気をやわらげようと、十兵衛は問いかけた。

「時にご隠居さま、あの娘御は如何なるお方なのですか」

「何じゃ十兵衛。若いおなごの素性が気になるか」

憂いを帯びた表情から一転し、信義は切り返す。

「いえ、そのようなことは……」

「はははは、照れるな照れるな」

からかう信義は、十兵衛の抱える事情を承知の上。

遥香と実の夫婦ではなく、智音の父親ではないことも分かっている。

訳ありと知りながら肩入れしようと決めたのは、三人揃って協力し、虫歯の治療に踏み切らせてくれた、恩に報いたいと思えばこそだった。

江戸に逃れて一年が経ち、十兵衛たちの存在は国許に察知されていた。

しばしば刺客が出没するのも、居場所を知られて以来のことである。

にもかかわらず、正面から乗り込んでは来られない。

将軍のお膝元たる江戸で、堂々と無法を働くわけにはいかないからだ。

それでも相手が十兵衛一人ならば大挙して手勢を差し向け、数に任せて生け捕りにしたのを藩邸に連行し、とっくに始末を付けていただろう。

脱藩者を成敗するのは、大名に認められた権利。

しかるべき説明さえ可能ならば、捕らえた十兵衛をどのように扱おうとも、幕府から咎めを受ける恐れもあるまい。

しかし、扱いに困るのは遥香と智音。

藩主の寵愛を一身に受け、何不自由なく過ごしていた側室が、国許から逃れ出るとは尋常なことではない。

豊かな暮らしを自ら捨てるなど、有り得ぬ話。

しかも、主君の血を引く愛娘《まなむすめ》まで連れ出したのだ。

そこまでしなければならなかった理由とは、何なのか。

その理由を明かせぬ限り、藩としても表沙汰にはできかねる。

刺客を差し向けることさえ、今や遠慮せざるを得ない状況だった。

岩井信義が十兵衛たちの味方に付くという、思わぬ事態が生じたからだ。

将軍の信頼も厚い大物に肩入れされては、加賀百万石に連なる支藩といえども事を構えるのは難しい。

おかげで十兵衛は刺客と戦うことも無くなり、このところ菓子作りに専念できていた。少々からかわれるぐらいは辛抱すべきだろう。

それに、信義は本気でふざけていたわけではない。

美織の話題に食いついたのは、もとより打ち明けるつもりでいればこそ。

「どのみち、そのほうらには明かさねばなるまいよ……」

信義は表情を引き締めた。

食べかけの碗を盆の上に置き、そっと智音を抱え直す。

「あのじゃじゃ馬、名は美織と申すのじゃ。父親は平側衆の一人でな、新米の時分から儂が目を掛けておった故、あれも幼い頃から懐いてくれての……」

智音の頭を撫《な》でながら語る口調は、先ほどにも増して、切なさを帯びていた。

七

その頃、美織は深川元町に向かっていた。

昨日は清正公寺にお参りするため両国橋を渡り、大川沿いに下って浜町まで出たものだが、真っ直ぐ笑福堂を目指すのならば、遠回りをするには及ばない。

回向院裏の屋敷を出て渡ったのは、最寄りの竪川に架かる二ツ目之橋。

竪川を渡って道なりに続く町人地を通り抜け、右手に曲がれば、目指す深川元町はすぐそこだ。

(今日は何杯食べさせてもらおうか……)

下駄ばきの足をからころと進めながら、美織は胸の内でつぶやく。

軽いのは、足の運びだけではない。

しつこい便秘から解放され、気分も上向きになっていた。

医者から勧められた通り、ところてんには効き目があった。

無理やり喉に流し込むのではなく、美味しく食べられる工夫をしてもらえばこそ体も素直に受け付けたのだろう。

そう思えば、笑福堂への感謝は尽きない。

たとえ訳ありであろうと、あるじの十兵衛の腕はたしかなものだ。

遥香のもてなしも、心が安らぐ。

常連になるのを迷う理由などあるまい。

(たしか昨日は三杯であったな……今日は朝早うから稽古に励み、中食《ちゅうじき》も飯の盛りを軽ういたした故、まず五杯はいけるだろうよ。ふ、ふふふ……）
笠の下で浮かべた表情は明るい。
若い女剣客らしい、凛々しくも華やかな笑みだった。
漂わせる雰囲気も、男を相手に木刀を交えるときの、鬼気迫るものとは違う。
穏やかな面持ちで、美織は歩を進める。
笠に照り付ける陽射しは、昨日ほどきつくはなかった。
日和《ひより》も機嫌も良ければ、何を見ても腹は立たぬものである。
「おっと」
道に転がった馬糞《ばふん》を避ける足の運びさえ、今日は軽やかな美織であった。
と、せっかくの笑顔が強張る。
南六間堀町の角を曲がって現れ、行く手を阻んだのは大柄な武士。
体つきだけでなく、目も鼻も造りが大きく派手だった。
身なりから旗本、それも大身《たいしん》と見て取れる。
歳は三十の半ばといったところ。美織より一回りは上だろう。
とはいえ、接する態度は無礼が過ぎた。

「これはこれは、佐野のじゃじゃ馬ではないか。相も変わらず、威勢が良いのう」

「真島《ましま》……殿……」

「ふっ。まだ俺を姉のかたきと思うておるのだな。ならば気など遣わず、呼び捨てにいたすがよかろうぞ」

「だ、黙りおれ！」

美織は笠を脱ぎ捨てた。

「それそれ。そう来なくてはつまらぬわ」

憎しみの眼差しを、武士は身じろぎもせず受け止める。

片頬に笑みさえ浮かべ、美織の怒りを煽《あお》っていた。

真島新兵衛《しんべえ》、三十三歳。

佐野家と同じ本所に屋敷を構える、旗本の跡取り息子。

そして姉の美和《みわ》を嫁に迎え、二年と経たないうちに死なせてしまった、憎むべき男であった。

「おのれ……」

美織は奥歯を噛み締める。

「どうした？」

にやつく新兵衛は余裕も十分。

ふてぶてしい態度が取れるのは、自信があればこそだった。

「俺はいつでも構わぬぞ。何なら、そこでやるか」

ふてぶてしく視線を向けた先は神明宮。

南森下町のすぐ奥にある、深川鎮守の境内で決着を付けると言い出したのだ。

御神域を騒がせるのは畏れ多い。

地元の氏子たちにとっては尚のこと、慎むべき振る舞いだ。

そんなことなど気にも留めない新兵衛は、直心影流《じきしんかげ》の剣の手練。

人としては最低だが、腕は立つ。

「ふん……まだ自信が持てぬのか。未熟者め」

皮肉な笑みを絶やすことなく、新兵衛は言った。

「剣に死する気概が無くば、女らしゅう嫁にでも行くことだ。何なら俺がもらってやろうか」

「ふ、ふざけるなっ」

「はははは、冗談、冗談じゃ」

高笑いしながら去り行く背中を、美織は黙って見送るばかり。

悔しさが一杯でも、勝負を挑むわけにはいかなかった。

神社の境内で立ち合うのをためらったことだけが、尻込みした理由ではない。

剣の技倆が劣るからといって、気後れする彼女ではなかった。

美織には、公に新兵衛を討つ権利が無い。

正式な果たし合いでなければ、こちらが罪に問われるばかり。

どうすればいいのか、まだ策を見出《みいだ》せてはいない。

そう思えばこそ、今日も二の足を踏んでしまったのだ。

「すみませぬ……姉上……」

つぶやく美織の目から、つっと涙が伝い落ちる。

新兵衛は、姉を手討ちにしたわけではない。

新婚早々から放蕩《ほうとう》三昧で屋敷に寄り付かず、心を病んだ美和が自害するまで構うことなく、ほったらかしにしたのだ。

醜女《しこめ》であっても、美和は心の優しい姉であった。

ひどいことをするものだが、新兵衛が罪に問われることはなかった。

妻は黙って夫に従い、理不尽な扱いをされても文句を言えぬのが武家の習い。

そんな慣習を逆手に取った新兵衛は、美織にとって許せぬ男。

平側衆の佐野家と近付きになるべく縁談を申し入れ、貰《もら》い手のいない姉を熱烈に口説いて嫁に迎えたとたんに冷遇し、死に至らしめたからだ。

怒っているのは美織だけではない。

父も母も未だに許せてはいなかったが、真島家に文句を付けるのは難しい。それというのも新兵衛の父親は息子の嫁取りを機にのし上がり、今や佐野家の力を必要としないほど老中たちの覚えもめでたいからだ。幕閣内の和を乱すわけにもいかず、涙を呑んで引き下がるしかなかった。

それでも美織は、姉を死に追いやった新兵衛が許せない。

直に手を下したわけではないにせよ、計算ずくで酷《ひど》い目に遭わせたのは事実。

その後も懲りることなく放蕩を繰り返し、反省の色さえ見せぬとなれば、怒りが尽きぬのも当たり前。

今すぐにでも斬ってしまいたいが、血気に逸《はや》るのは禁物。

討とうと思えば、しかるべき勝負の場に引きずり出すしかない。

試合以外の場で命を奪えば、美織が非難を集めてしまう。

姉の遺恨を妹が晴らすことなど、武家においても認められてはいないからだ。

仇討《あだう》ちとして成立するかどうかの問題ではない。

女が男に刃向かうなど、世間体が悪すぎる。

男同士ならば私《わたくし》の闘争として刃を交えるのも有りだろうが、美織が新兵衛に挑むのは婦道に反する行い。

事が世間に知られれば、非難されるのは彼女だけ。

女の身で剣客を目指した真の理由も、白日の下に曝《さら》されることとなるだろう。

幼くして姉の復讐《ふくしゅう》を誓い、仮にも義理の兄を討ち取るために十余年も剣の修行に励んできたとは、何と執念深いことか。世の男たちを震撼《しんかん》させ、今までにも増して夜叉呼ばわりをされてしまうだろう。

自分が有利であるのを、むろん新兵衛は承知の上。

いざ勝負となれば、世間に味方されるのも分かっていた。

旗本としての格は下でも、実力は上。

剣の技倆だけの話ではない。

佐野家と縁付いて出世した父親の跡を継ぎ、いずれ自分も平側衆の職に就くことが決まっている。

対する佐野家には、跡継ぎの男子がいない。

美織が婿を取らなくては、家名も職も絶えてしまう。

しかし、当の美織は婿取りなど眼中に無い。

長女の美和を厄介者扱いし、真野家の思惑に乗せられて嫁に出してしまったのを悔いる両親をよそに、新兵衛を倒すことしか考えていなかった。

何とも困った話である。

だが、本当に困っているのは、悩むばかりで事を実行できぬ美織だった。

無言のまま、歩き出す表情は暗い。笠を拾うのも忘れ、血の気が失せた顔をむき出しにしたまま、ふらつく足取りで遠ざかっていく。

向かった先は、深川元町の逆方向。

竪川沿いに歩く姿を最初に見つけたのは、河岸で働く荷揚げの人足衆。

「松兄い、ありゃ佐野の夜叉姫さんじゃねぇですかい？」

「うるせぇぞ。よそ見してねーで働きやがれ！」

いぶかる竹吉をどやしつけながらも、松三は心配そうに視線を向ける。

この界隈の人々にとって、佐野家の姫君が男勝りの剣客なのは周知の事実。

知らずにいたのは、十兵衛たちぐらいのものである。昨日も笑福堂にやって来たのを目撃していながら松三たちが騒ぎ立てなかったのは、自分たちには関わりないと以前から割り切っているからだ。

とはいえ、今日の様子は気に掛かる。

心ここにあらずといった態《てい》で、どこへ行くつもりなのだろうか。

折しも空は曇り始め、ぽつぽつ雨まで降り出していた。

「あ！」

いつもは淡々としている梅次が、慌てた声を上げる。

美織が足を滑らせたのだ。

「ちっ……」

松三は舌打ちするや、川面に身を躍らせる。

すんでのところで助け上げ、担ぎ込んだ先は笑福堂。

「どうされましたか、松三さん？」

遥香が驚いた声を上げた。

すでに信義と甚平は引き上げ、他の客は誰もいなかった。

「俺らが荷揚げをしている前《めえ》で竪川にはまっちまってなぁ。成り行きでお助けしたのはいいが、脱がせて介抱するわけにもいかねーんでよ……」

気を失ったのを抱えたまま、松三は困った様子で言った。

「こんな勇ましい態《なり》をしちゃいなさるけどよ、回向院裏のお旗本の姫様さね。名前《なめえ》はたしか……」

「美織さま、でありましょう」

「何でぇおはるちゃん、お前さん知ってたのかい」

「岩井のご隠居さまにうかがいました。委細承知にございますれば、後のことはお任せくださいまし」

てきぱき答える遥香をよそに、十兵衛は美織を抱き取る。

まだぐったりしているが、意識は戻っていた。

「何もいたしませぬ。じっとしてくだされ」

恥じらって降りようとするのを押しとどめ、奥の座敷に運んでいく。

智音もちょこちょこ働いていた。

座敷に敷いた布団に油紙を拡げたのは、濡《ぬ》れても差し支えないようにするため。

「後はよしなに願いまする」

横たわらせて早々に、十兵衛は台所に引っ込んだ。

遥香が着替えをさせている間、智音は土間に立っていた。

すでに松三は引き上げた後だったが、十兵衛も男であるのに変わりはない。美織の裸を覗かれないように、じっと目を光らせている。

今少し信用してほしいものだがと思いながら、十兵衛は背を向けた。

この雨模様では、客足も絶えたままだろう。追加で仕込みをする必要が無ければ匂い移りを気にせず、菓子以外のものをこしらえても構うまい。

小ぶりの鉄鍋に出汁を取り、おひつに残った冷や飯を入れる。

卵がひとつ残っていたのも幸いだった。

手早く溶き入れ、塩をひとつまみ。

香りづけを兼ねて醤油を垂らせば、卵雑炊のできあがり。

座敷では遥香が火鉢の炭を熾《おこ》していた。

冷えた体を暖めるには、空腹のままではよろしくない。まずは食事をさせてからのことだった。

「どうぞお楽になすってくださいましね」

「か、かたじけない……」

遥香に支えられて身を起こし、美織は申し訳なさそうに目を伏せる。

濡れた着物と袴の代わりに着せてもらった女物の白い寝間着は袖が短く、肩幅も合っていなかったが、そんなことなど気にならない。

寒そうにしている肩に、智音が丹前《たんぜん》をかけてやる。

夏であっても、雨の日は冷えるもの。

心も冷え込んでいた美織にとって、母娘の気遣いは身に染みた。

布団の上に横座りしたところに、十兵衛が卵雑炊を持ってくる。

椀に盛ったのを、そのまま置いたわけではない。

傍らに座って手にしたのは、木を削ってこしらえた手製のさじ。

智音が風邪を引いたとき、寝床で粥《かゆ》を食べさせるのに使っているものだ。

その智音は十兵衛の振る舞いを咎めることなく、母親に寄り添っていた。

十兵衛と打ち解けず、甘えようとしない少女も、病のときに世話を焼かれるのは気にしない。子どもの目には強そうに映る美織も、今は弱ってしまっている。こういうときには余計な口をはさまず、任せておけばいいと思っていた。

「どうぞ召し上がってくださいまし」

すくって口元まで運んでくれるのを、美織は黙って噛み締めた。

子どものような扱いをされるのが、不快どころか心地いい。

まして相手は男であるのに、まるで気にならない。

さじを手にした十兵衛の一挙一動は自然そのもの。

下心など微塵も感じさせず、美織を哀れんでもいなかった。

「お口に合いまするか、姫様」

「く、苦しゅうない」

臣下に対しては発し慣れた言葉を口にするのが、何とも心苦しい。

しかし、十兵衛は不快な素振りなど見せはしない。

「それは重畳。されば、もう一口召し上がれ」

一口ごとに、胃の腑ばかりか心まで満たされる。

そんな快さを覚えつつ、残らず平らげてしまった。

見守る遥香と智音、そして十兵衛は微笑んでいる。

（まこと、可愛らしいこと……）

目を細める遥香は、すっかり母親の心持ち。

智音と接するときの心境に近かった。

当人が聞けばさぞ怒ることだろうが、美織は幼い。

大身旗本の娘として厳格に育てられ、むろん教養もあるはずだが、少女のままで大きくなったような印象を、初めて会ったときから感じていた。

嫁に行く歳になっていながら男装に身を固め、剣術修行に熱中し、世間から夜叉姫と呼ばれて憚《はばか》らずにいられるのも、そんな幼さの為せる業ではあるまいか。

そう思っても、口には出さない。

十兵衛が台所へ片づけに立つのを見送ると、美織に寄り添う。

「遠慮はいりませぬ。しばらく休んでおいでなされ」

肩を支え、そっと布団に横たわらせる。

「すみませぬ」

美織は申し訳なさそうに答える。

男勝りの勇ましさはどこにも無い。

我ながら不思議なほど、遥香に気を許していた。

「……お内儀は、お幾つになられるのか」

「まぁ、おなごに軽々しゅう歳を尋ねるものではありませぬよ」

微笑しつつ、遥香は答える。

「早いもので、今年は三十になりまする」

「姉上と同じだ……」

つぶやく美織の声は切ない。

何か嫌なことを思い出したのだろうか。

それでいて、顔には生気が戻っている。

先ほどまで青ざめていた唇には赤みが差し、肌つやも良い。

若々しい美貌が、三十路を迎えた遥香の目にはまぶしかった。

歳を重ねるごとに、人は確実に老いていく。

見た目だけのことではない。

内面にも、日々のさまざまな営みが反映されるからだ。

良い経験ならば買ってでも積みたいものだが、遥香の場合は望まざることのほうが多かった。

むろん、江戸に来てからは違う。

十兵衛と夫婦を装い、智音を育てながら過ごす毎日は穏やかそのもの。

しかし、国許での日常はひどかった。

御殿暮らしは針のむしろ。

一日たりとて、楽しいと思えることはなかった。

遥香は自ら望んで、藩主のお手つきになったわけではない。

奥奉公をするに至ったのも、主君の歓心を得て出世の糸口にしたい両親から半ば無理やり勧められ、やむなく従っただけのこと。

育ててもらった身で逆らうわけにもいかず、言われるがままに奥女中として御殿に上がったのだ。

望まずして主君から夜伽《よとぎ》を命じられ、御国御前と祭り上げられるようになっても楽しいことなど何もなかった。

女の嫉妬は凄まじい。

自分もお手つきとなりたい若い娘は言うに及ばず、主君に愛される機を得られぬまま、容色が衰えていくばかりの年嵩《としかさ》の女中たちも遥香を敵視し、表向きは殊勝に振る舞う一方、何かにつけて嫌がらせを仕掛けてきたものだった。

周囲からくだらぬ嫉妬を買い続け、あげくの果てに命まで狙われる羽目になったわが身と比べれば、美織は恵まれている。

家柄も容姿も申し分なく、嫁の行き先に不自由はしないはず。

その気になって女らしく振る舞えば、いつでも世間並みの幸せが手に入るのだ。

世間並み——何と幸せな響きであることか。

本音を言えば、うらやましくて仕方がない。

旗本の娘という、かつての自分よりも遥かに安定した立場に在りながら、男の身なりをし、夜叉呼ばわりをされるほど強さを追い求める必要はないはずだ。

なぜ、そうせずにはいられぬのか。

やはり、幼さの為せる業ではないのか。

そんなことを考えていると、美織は思わぬ一言を口にした。

「……実を申さば私も女らしゅう生き、お嫁に行きたいのです……」

声を低めたのは、台所にいる十兵衛には聞かれたくなかったからである。

それでも言わずにいられなかったのは、遥香に心を許し、甘えてみたいと思えばこそだった。

そんな胸中を知らない遥香は、戸惑うばかり。

「何とされましたのか、美織さま」

十兵衛を心配させぬように声を低めつつ、そっと額に手を当てる。

やや火照《ほて》ってはいるものの、正気を失うほど熱くはなかった。

高熱に浮かされてもいないのに、どうして唐突に、妙なことを言い出すのか。

こちらはまだ、一言も教え諭していないのに——。

解せぬ面持ちの遥香をよそに、智音が枕元に躙《にじ》り寄る。

そーっと手を伸ばし、額に当てたのは母親の真似。

「おねつはないよ、おねえちゃん」

「かたじけない……」

ちいさな手を握り返し、美織は微笑む。

「そなた、たしか智音と申したな」

「ともでぃいよ」

「とも、か……良き響きだ」

少女の手は柔らかかった。

ほのかな温《ぬく》もりが、乾いた心にじわりと染みる。

遥香が火鉢の炭を絶やさずにいてくれるおかげで、部屋は暖かい。

極めつけは、十兵衛が淹れてくれた甘酒だった。

「さぁ、お飲みなされ」

「かたじけない」

碗を両手でくるみ、美織は微笑む。

安堵の念を覚えたことで、語り出さずにはいられなくなっていた。

「聞いてくだされ、各々方……」

明かしたのは両親にも漏らせない、切なき本音。

一人の女として、幸せになりたい。

しかし亡き姉を思えば、自分だけ幸福になるのは憚られる。

復讐を果たすためには縁談を避けねばならず、長らく男装を通しては来たものの、そろそろ限界。

自分がか弱い女にすぎないことを、美織は痛感していた。

一体、どうすればいいのか。

そんな苦しい胸の内を、余すことなく明かしたのだ。

対する遥香と十兵衛の答えは明快だった。

「何も迷うことはありませぬよ、美織さま」

「左様……何事も、お望みのままになさればよろしかろう」

「はぁ」

安堵しながらも、美織はいささか拍子抜けしていた。

告白を余さず聞き終え、二人が返してきたのは微笑のみ。

こちらは意を決して事実を明かしたというのに、衝撃など微塵も受けていない。

それもそのはずである。

続いて遥香が明かしたのは、美織には想像も及ばぬ過去。

もっと辛《つら》い目に遭ってきたからこそ、何を聞いても動じずに、それでいて相手を馬鹿にすることもなく、誰とでも明るく接していられるのだ。

実は十兵衛と夫婦ではなく、智音を連れて江戸へ逃れてきたというのも、予想だにしなかった告白だった。

「されば、とも……いや、智音さまは前田侯のご親族……」

思わず絶句した美織の肩を、ちいさな指がちょんちょんとつつく。

「ともでいいっていったでしょ、おねえちゃん」

戸惑う顔を覗き込む表情は、無垢《むく》そのもの。

加賀百万石に連なる名家の息女という驕《おご》りなど、どこにも見当たらない。

あるのは今日を楽しく、元気に過ごそうとする姿勢のみ。

美織には欠けているものだった。

姉の遺恨を晴らすためならば、いつ死んでもいい。

できれば親に迷惑をかけたくはなかったが、いざとなれば家名など、どうなってしまっても仕方あるまい。

そうやって勝手に思い詰め、十余年の時を過ごしてきた。

しかし、この一家は違う。

血こそつながっていないものの、本物の家族の如く支え合い、つましくも前向きに生きている。

滅びることしか考えていなかった美織とは、反対の在り方だった。

(何を独りで気負っておったのだ……私は……)

恥じ入るばかりの美織だったが、何も生き方を否定されたわけではない。

「姉上の意趣返しにござるが、あきらめるのは早いですぞ」

「十兵衛……どの？」

武家言葉で告げられて、美織は目を丸くする。

何も驚くことはない。

市井の甘味屋に身をやつしていても、十兵衛は武士。

それも元を正せば、大名に代々仕える家の出なのだ。

だが、今の十兵衛は刀を捨てて久しい身。

遥香ともども過去を明かしたとき、自ら語ったことである。

にもかかわらず、告げる口調は頼もしい。

「真島めに果たし状を突き付けて、ご存分に立ち合われよ」

「されど、女の身では……」

「大事はござらぬ」

十兵衛は真摯《しんし》な面持《おもも》ちで請け合った。

「今やご公儀は危急存亡《ききゆうそんぼう》の折。お旗本は武勇を求められておりまする。それは男も女も同じこと。美織さまが立ち上がらば、世人《せじん》ははしたないとは見なさず、むしろ褒《ほ》めそやすことでありましょう。助太刀は、拙者にお任せくだされ」

「ま、まことか⁉」

「大事なお得意さまを見殺しにいたすわけには参りませぬからな。はははははは」

十兵衛は笑い声まで頼もしかった。

「ふふふ……」

釣られて微笑む、美織の表情は明るい。

生まれて初めて、殿御に好意を抱いていた。

第三章　麩の焼

一

「ごめんくださいまし」

その日、笑福堂を訪れたのは長身の美男子。

伊達な縞《しま》柄の着流し姿がピシッと決まり、歳は四十手前といったところ。

童顔の十兵衛と違って、世慣れた顔立ちをしている。

毎日海に出ているかの如く、肌の色は黒い。

それでいて、潮の匂いはしなかった。

代わりにまとっていたのは、ふんわりと甘い香り。いつも十兵衛が漂わせているのと同じ、菓子作りを手がける身に付きものの芳香だ。

「いらっしゃいまし」

「こんにちは……良いお日和ですね」

迎える遥香に笑みを返し、白い歯を見せる様も二枚目そのもの。

台所から見やった十兵衛まで惚れ惚れするほどの、男ぶりの良さである。

ちょうど昼下がりで、他の客は誰もいない。

少し時がずれていれば、二人や三人は居合わせたことだろう。狙い澄ましたかの如く、十兵衛と遥香だけのところに現れたのは理由があってのことだった。

用件を切り出したのは遥香が茶を運び、注文を受けて皿に盛りつけたまんじゅうとおはぎ、ようかんを一口ずつ、黙って食べた後のこと。

「成る程……見事なまでに、下つ方《しもかた》の好みに合わせたものですね」

「は？」

「こんなものを好まれるとは、岩井のご隠居も呆《あき》れたもんだ」

がらりと態度を変えての口上はふてぶてしい。

慇懃無礼にも、程があろう。

品の良さげだった表情も、不遜《ふそん》なものに一変していた。

「何ですか、お前さん」

青ざめた遥香を下がらせ、十兵衛は前に出る。

「やぶからぼうに失礼じゃありませんか。うちの店のことはともかく、大事なお客さん方を悪く言うのは聞き捨てなりません。お代はいりませんので、どうぞお引き取りくださいまし」

ムッとしながらも、声まで荒らげはしなかった。

近くに立って匂いを嗅げば、ご同業なのはすぐに分かる。

善かれ悪しかれ、人の口には戸が立てられぬもの。

同じ仕事をしている者の間では、尚のことだ。

岩井信義をうならせた十兵衛の評判は、すでに江戸じゅうの菓子職人たちの間に知れ渡っていた。

面体と腕前を検《あらた》めるため、この男の如く乗り込んできた者は幾人もいる。

いずれも客になりすまして菓子を注文し、一口か二口食べると、勘定を済ませて帰っていく。

その場で文句を付けない代わりに、後で噂を撒《ま》き散らすのだ。

斯《か》くもありふれたものばかりこしらえていて、菓子三昧で目と舌の肥えた岩井のご隠居を感心させたとは思えない。

お墨付きを得たというのも、何かの間違いではないか。

そんな噂が、怪しい客が来た後に必ず広まるのだ。

話を聞き込んでくるのは、松三ら笑福堂びいきの人足衆。

耳にするたびに根も葉もないことだと否定し、噂を流した者を勝手に懲らしめてくれているらしい。

美織も同様に、目を光らせているとのことだった。

本当は女らしく生きたいはずの美織に、男勝りな真似をさせてしまうのは十兵衛もありがたいと同時に心苦しい。

しかし、今度の相手ばかりは彼女といえども手に余るだろう。

十兵衛が出てきても、男はまったく動じなかった。

「へっ、こんな小店《こだな》でも誇りはあるってことかい」

不敵に微笑み、見返す態度は自信たっぷり。

大口を叩《たた》けるだけの実績を出していなければ、こうは振る舞えまい。

「お前さん、どちらのお店《たな》だい？」

出方によっては、締め上げてやる。

しかし、敵もさるものだった。

「おお、恐い恐い」

とぼけた口調で言いながらも、態度は威風堂々。

黒光りする顔をぎらつかせ、十兵衛を見返す表情に気後れなど皆無である。

「日本橋の和泉屋といや、名前ぐらいは聞いたことがあるだろう」

「……大した評判だな」

「この俺があるじの仁吉《にきち》さ。よろしくな」

にやりと笑う様はふてぶてしい。

名うての菓子屋のあるじらしからぬ、遊び人めいた態度だった。

老舗の大店《おおだな》には及ばぬまでも、和泉屋は日本橋で三代続いた菓子屋。

当代の仁吉は三十七歳。

長らく修業で上方に行っていたそうだが、今年に入って亡くなった先代から店を譲り受けて以来、売り上げは上々。

まだ公儀御用達とまでは行かなくても、早々に出入りの鑑札を手にした大奥ではぶっちぎりの一番人気。

自ら荷を担いで江戸城へ出向き、籠の鳥の奥女中たちが外界と接する唯一の場である大奥七つ口での商いは、いつも完売。宿下がりした折の土産の注文も毎度大量に舞い込み、不景気知らずで儲《もう》かってしょうがないらしい。

単にあるじが二枚目というだけで、売れているわけではない。

京大坂で修業を長年積んできた仁吉は、チャラチャラしているようでいて、菓子職人としては正統中の正統派。軽々しい口調は上方暮らしで染み付いた言葉が不意に出ないように、わざとそうしているという。

そもそも真っ当な腕利きでなければ、菓子を愛する信義が制裁もせず、野放しにしておくはずもない。十兵衛に乗り換えるまで屋敷に出入りさせ、口にする菓子を作るのを任せていたほどなのだ。

この男を舐めてかかれば、痛い目を見る。

「それで今日は何用ですか、仁吉さん？」

問い返す十兵衛の視線は鋭い。

むろん、手荒い真似をするつもりはない。

この男は刺客とは違う。

命を奪ってはならないのはもちろんのこと、痛め付けるわけにもいくまい。

商いを手広くやっても許される値打ちが、この男にはあるのだ。

人を食った態度を取ってはいても、菓子作りの腕前は折紙付き。名だたる大店が抱える職人たちにも、引けを取らぬという。

それほどの腕がありながら、お得意先だった信義に見限られ、笑福堂などという無名の店に乗り換えられたとあっては、面白くないのも当然だろう。

もしも逆の立場なら、十兵衛とて放っておくまい。

そんなときに選ぶであろう手段も、相手が申し出たのと同じだった。

「決着《けり》を付けさせてもらいたいんだがね、受けてくれるかい」

「……腕を競いたいということですか」

「そういうこった。白黒をはっきり付けにゃ、うちの沽券《こけん》にかかわるんでな」

「断ったところで、引き下がってはくれないのでしょう」

「分かってるなら聞きなさんな」

「……致し方ありますまい」

　十兵衛はうなずいた。

「よーし、決まったな」

　にやりと仁吉は笑ってみせた。

「勝負は十日後でどうだ？」

「構いません」

「で、場所とお題はどうする」

「好きになすってください」

「大した自信だな、十兵衛さん」

　少々感心した様子で、仁吉は言った。

「だったら、俺の店《とこ》でいいな。材料は持ち寄りで構わねぇが、お題は遠慮無く俺の得意なもんにさせてもらうぜ」

「構いませんと申したでしょう。で、何になさるのです」

「上方で修業してた頃にさんざん作らされたんだが、麩《ふ》の焼でどうだ」

「……粉物《こなもの》ですか」

「簡単そうで、ごまかしが利かないってやつだな。口の肥えたお歴々に食べ比べてもらうにゃ、おあつらえむきと思わねぇかい」

「食べ比べ？」

「その筋のお歴々に集まってもらって、吟味をお願いしようってことさね」

「まさか、岩井のご隠居にもお越し願うのですか」

「当たり前だろ。そうでなけりゃ、俺が勝ったところで甲斐がねぇや」

「……成る程」

「得心したんなら、これで決まりとさせてもらうぜ」

「承知」

「へへっ、十日後が楽しみだなぁ」

仁吉は余裕綽々《しゃくしゃく》で去っていく。

食いかけの菓子には見向きもせず、銭だけは過分に置いていった。

いちいち腹立たしいが、やるしかない。

この男を黙らせたければ、同じ土俵に立って勝負をするのみ。

たった一人で乗り込んできた度胸も、認めてやるべきだろう。

松三や美織が居合わせなくても、腕ずくならば後れを取る十兵衛ではなかった。

その気になれば腕までは折らずとも、痛め付けるのも容易い。

だが、力で押さえ込んだところで仁吉は黙るまい。

仁吉がふてぶてしいのは、菓子作りだけで渡り合えるだけの自信があればこそ。

実力を伴っていなければ、これまで笑福堂に探りを入れ、評判を落とす噂を流すことでしか太刀打ちできなかった、愚かな連中と同様の手段を採るはずだ。

そうせずに真っ向から挑んできたのは甘味屋として、まっとうに決着を付けたいと望むからに他なるまい。

受けて立たねば、それこそ噂の的にされてしまう。

わざわざ仁吉が触れ回らなくても、吟味を仰ぐ甘味好きのお歴々とやらが勝手に吹聴《ふいちょう》することだろう。

そうなれば、信義もかばってはくれまい。

これは真剣勝負である。

遥香と智音を護るべく刺客を倒してきた十兵衛が、今度は自分自身のために仁吉という、強敵を制さなくてはならないのだ。

むろん、笑福堂ののれんを保つのは二人のためでもある。

自慢はしないが実は代々の台所方である小野家の誇りと、預かり者の母娘を養うための居場所を同時に護り抜くのだ――。

決意を固めた十兵衛に、遥香は何も言わずにいた。

仁吉に対しても、余計な言葉は浴びせない。

これは男と男の勝負。

女の身で口をはさんではなるまいし、自分たち母娘のために戦おうとしてくれているのを邪魔するのは本末転倒。

世話になると決めた以上は、一切任せるのみ。

国許で危ないところを助けてもらって以来、そう心に誓っていたのだった。

二

「勝負を受けたと申すのか、十兵衛どの⁉」

話を聞いたとたん、美織は動揺した。

仁吉が現れた翌日早々のことである。

「相手は和泉屋の仁吉なのであろう？　おぬしといえども、勝ち目は……」

「至難なのは承知の上ですよ、美織さま」

「されば、何故に断らなんだのか？」

「男には、やらねばならぬときがあるのです。左様にお心得くだされ」

「十兵衛どの……」

美織は黙り込む。

台所に面した座敷に座っていた。

膝には智音が頭をちょこんと載せて、うたた寝中。

男ではないことが分かって以来、少女は美織になついていた。

嬉しい反面、今は十兵衛の勝負が気にかかる。

和泉屋仁吉の評判は、もとより甘味好きとして承知の上。

作る菓子はたしかに美味く、その腕は京大坂仕込みの正統派。難癖を付ける余地など有りはしない。

麩の焼をお題にしてきたのも勝負を有利にするための策ではなく、むしろ余裕があってのことと見なすべきだろう。

小麦粉を水で練り、薄く焼いて伸ばした皮に赤みそに砂糖とくるみ、けしの実を加えた具を巻いた麩の焼を作ること自体は、まず失敗など有り得まい。

文字通りにミソとなるのは、具の出来不出来。

信義を含めた吟味役たちも、いざ口にするまでは優劣が分からない。

仁吉には、菓子を見る目はもとより舌も肥えたお歴々をうならせるだけの、味に自信があるのだろう。なればこそ、麩の焼勝負を挑んできたのだ。

果たして、十兵衛は勝てるのか。

負けぬだけの修業を国許で積んできたとはいえ、大口の客を専《もっぱ》ら相手にしてきた仁吉と違って、こちらは市井で小口の商いに徹する身。

庶民向けの菓子ばかり手がけていれば、腕も落ちる。

今からでも腕を磨き直して、本番に備えるべきではないのか。そんなことを助言したくても、男の世界のことだと断られては、口を挟むわけにもいかない。

それだけ決意も固いのだろうが、十兵衛は意地悪だ。

こちらは助けてもらった恩を返すため、手を貸したいのである。

考えていることは、遥香も同じではないのか。

そう思って視線を巡らせると、すでに傍らにはいなかった。

仕事が早上がりになった松三が、弟分を引き連れて現れたのだ。

「まぁ松三さん、いつもありがとうございます」

「ま、また来たぜ」

照れながらも、松三はご満悦。

「ほらみんな、早いとこ腰を落ち着けな」

「遠慮はいらねぇから、しっかり味わうんだぜ」

竹吉と梅次は手際よく、仲間たちを座らせていく。

「何でもいいのかい、松兄ぃ？」

「おう。勘定は任せておきねぇ」

若い人足から念を押され、松三は気前よく答える。

相変わらずの太っ腹ぶりだったが、甘味の大盤振る舞いばかりに懲りた人足衆がこぞって注文したのはところてん。もちろん、かけるのは酢醤油《すじょうゆ》だ。

「お代わりを持ってきてくんな、おかみさん」

「こっちもだ。大盛りで頼むぜぇ」

甘いものでなければ、腹にもどんどん入る。

「おいお前ら！　もうちっと高ぇもんにしねぇかい」

松三はたちまち困った顔。

何でもいいとは答えたものの、ところてんでは幾ら出たところで菓子ほどには値が張らぬので、店も大した儲けにはなるまい。

勘定を持つ立場としては喜ぶべきところだろうが、遥香から手間がかかるばかりで安い客だと思われては立つ瀬が無い。

そんな男心など意に介さず、遥香はてきぱきと注文を取っていく。

「ところてん、二十杯」

「あいよ」

十兵衛の手許《てもと》には、早くもテングサが用意済み。

暑くなってきて出る数も増えたので、このところ多めに仕込んである。

固まりを次々に取り、天突き器で押し出す手付きも慣れたもの。

その間に、遥香は重箱の菓子を皿に盛っていく。

甘味を注文したのは松三のみ。

竹吉と梅次も他の人足たちに便乗し、ちゃっかりところてんを頼んでいた。

「さぁ、どうぞお召し上りくださいまし」

「お、おう」

朝に続いて山盛りにされたのを前にして、うなずく松三の顔には冷や汗。

「どうされましたか、熱でもお有りじゃ……」

「な、何でもねぇやな。い、いただくぜ」

ぐいっと手の甲で汗を拭き、松三は勇んで箸を取る。

ところてんも、すでに仕上がっていた。

十兵衛は遥香を手伝い、盆に載せた器を運んでいく。

息の合った様を、美織は切なく見守っている。

二人が実の夫婦でないことは、すでに承知の上である。

竪川に落ち、介抱されたときに遥香が教えてくれたからだ。

何も十兵衛に寄せ付けまいと意地悪をしたのではなく、妙な誤解を招かぬために明かしただけなのは分かっていた。

遥香には裏が無い。

あどけない寝顔をしている、娘の智音さながらに無邪気だった。

純粋であればこそ権謀の渦巻く家中で邪魔になり、命まで狙われ、ついには国許から逃げ出さざるを得なくなったのだ。

そんな母娘を養うために、十兵衛は店を張っている。

窮地を救ったのみにとどめて放り出すことをせず、食わせていくために不慣れな江戸で甘味屋を営み、菓子作りばかりか剣の腕まで振るっている。

ここまでできる男が、他にいるのか。

いたとしても、果たして美織の前に現れてくれるのだろうか。

そんな相手が見つからぬ限り、いつまでも男装で通さねばならない。

遥香のことが、心底うらやましい美織である。

しかし、妬心を露《あら》わにするのは恥ずべきこと。

もしも明らかな馬鹿女に十兵衛がたぶらかされているのなら、問答無用で奪ったところで微塵も気はとがめぬだろうが、遥香を悲しませたくはない。

懐いてくれた智音のことも、傷付けたくはなかった。

もとより男女の仲ではなく、あくまで主従の間柄のままであるにせよ、他ならぬ十兵衛が納得している限り、割り込む余地など見出せまい。

それよりも、和泉屋との勝負である。

強敵の仁吉に、十兵衛はどうやって挑むつもりなのか——。

「どうされましたか、美織さま」

「な、何でもござらぬ」

当の十兵衛から不意に呼びかけられ、美織は慌てる。

弾みで膝が持ち上がり、智音がころんと畳に落ちた。

「す、すまぬ！　大事はないか、とも」

「うん……」

寝起きの目をこすりながら、智音は答える。

不意に起こされてしまっても、相手が美織ならば怒らぬらしい。

「悪かったな。ねねが馳走いたす故、おめざに甘いものでも食べぬか」

「いいの？」

「むろんじゃ。そなたが好きなものを選ぶがいい」

「おねえちゃんがすきなのでいいよ」

「左様か……。ならば、お父上に任せようぞ」

ふっと笑って、美織は視線を巡らせる。

「構いませぬか、十兵衛どの」

「承知しました」

答える態度は自信たっぷり。何か新作があるらしい。

台所に戻り、用意したのは小麦粉と黒砂糖。

まずは黒糖に水を加えて火にかけ、さらしでこして黒みつを作る。

できあがった黒みつに、小麦粉を混ぜ込む。

このときは水を入れないので、練り上がった様は濃厚そのもの。

首を伸ばせば、座敷から台所の様子は見て取れる。

「ううむ……」

見守る美織の口から、思わず吐息が漏れる。

今すぐにでも指を突っ込んで、舐めてみたい。

されど、そんなはしたない真似をするわけにもいくまい。

我慢をしているうちに、十兵衛は粉を練り終えた。

続いて取り出したのは鉄鍋。
かまどにかけるには小さめの、浅い鍋である。
どうするのかと見ていると、十兵衛は座敷に入ってきた。
座ったのは火鉢の前。
埋《うず》み火を熾し、五徳の上に鍋を置く。
鍋には薄く油がひいてあった。
料理に用いる胡麻《ごま》油とは別に買い置きしている、くせのない菜種油だ。
程よく熱が通ったのを見計らい、黒みを帯びた粉を流し入れる。
しゃーっと音がすると同時に、立ち上る甘い香りがたまらない。
「ああ……」
美織は生つばを飲み込んだ。
焼き上がった生地を、十兵衛はくるくる巻く。
今すぐにでも、頰張りたい。
しかし、まずは智音に振る舞ってやるのが先。
大人げない真似をする女が、姉の如く振る舞うなど滑稽なこと。今後の付き合いを考えれば、自重すべきであった。

「美味いか、とも？」

「うん」

済ました顔で、少女はもぐもぐ口を動かす。

喜怒哀楽の表現に乏しいと思われがちな智音だが、目を見れば、考えていること はおおむね察しが付く。

瞳をきらきらさせるのは、勧められた菓子が気に入った証《あか》し。

もっとも、十兵衛が腕によりをかけてくれたのだから、もとより不味かろうはずはないだろう。

「それは良かった。されば私も頂戴いたす……焼いてもらおうか、十兵衛どの」

「承知しました。すぐにお支度いたしましょう」

「なーに、ゆるりとしてくれて構わぬぞ」

品良く振る舞いながらも、頭の中は焼き菓子のことで一杯。

待望の一枚は、ふんわりしていて熱々だった。

「熱っ」

「ゆるりとお召し上がりなされませ。菓子は逃げ出しませせぬ故」

「さ、左様であるな……かたじけない」

智音が汲んできてくれた水を飲み、美織は口の中を冷やす。

それにしても、美味い。

味わい慣れているはずの黒糖の甘みが、小麦の生地に練り込まれただけで、斯くも深いものになるとは思わなかった。

「美味であった……して十兵衛どの、これは何と申すのだ」

「琉球《りゅうきゅう》にて古くより食されし、焼き菓子にございまする」

「琉球とな」

「彼の地では、チンビンと称しておる由」

「異《い》な響きであるな。名も作り方も、唐土《もろこし》（中国）より伝わったのかな」

「左様に聞き及びました。別にポーポーと言うて、肉に味噌と砂糖を加え、甘辛く炒めたのを具にいたす一品もあるとのことです」

「成る程、それも良さげだな」

「ただし、使うのは豚の肉だそうですが」

「豚か……水戸様がお好きだそうだが……」

美織は慌ててかぶりを振った。

滅多なことを言うものではあるまい。

ともあれ、自分は甘味のほうがいい。

このチンビン、きっと信義の口にも合うはずだ。

ふつうの麩の焼より甘みが濃い上に、生地そのものがふんわりしていて、何とも優しい味がする。

作り手が十兵衛だから、こんな味わいになるのだろうか。

口にした者の気分をやわらげてこそ、菓子には値打ちがある。

美織はそう確信していた。

十兵衛には、そんな菓子をこしらえる力が備わっている。

対する仁吉は品のいい京菓子作りの名人という評判の反面、裏を返せば守銭奴にすぎない俗物。

清く正しいほうが勝たなくては世は闇だ。

来る対決の勝利を信じ、自分も励むつもりの美織だった。

「頑張ってくだされ、十兵衛どの」

「もうお帰りですか？」

「屋敷に戻りて稽古をいたす。馳走になったな」

心付けを含めた銭を置き、美織は腰を上げる。

去り際に、智音の頭を撫でていくのはいつものこと。

土間を通り抜けるとき、板の間に陣取った松三に声をかけるのも忘れない。

「今日も大盤振る舞いをいたしておるのか。豪気なものだなぁ」

「へっ、こいつぁお姫さまにゃ分からねー、男の意地ってもんでさ」

口に運ぼうとしていたまんじゅうを皿に置き、松三は微笑む。

佐野の夜叉姫が意外にも甘味を好み、人柄も良いと知るに及んでからは、河岸で顔を合わせても挨拶を交わすようになっていた。

弟分の人足衆も、みんな気さくな連中だった。

いつも男装の美織を珍客扱いしない代わりに、必要以上に礼を尽くさぬ姿勢が逆に心地いい。また改めて、足を運びたいものである——。

「どうしなすったんですかねぇ、あの姫さん」

「何だってんだい、梅」

「いえね……何かこう、どっか遠くに行っちまいそうな感じがしたもんで」

「縁起でもねぇことを言うない。ぴんぴんしていなさるじゃねーか」

松三は梅次をどやしつける。

だが、その勘は当たっていた。

美織は一命を賭《と》し、敵に挑む覚悟を決めていた。

敵の名前は、真島新兵衛。

姉の美和を死に追いやった、憎むべき男である。

女が男に果たし合いなど、はしたない真似に違いない。

新兵衛に勝っても負けても、佐野の家名を汚すことになるだろう。

それでも、戦いに挑まずにはいられない。

あのとき竪川に落ちたまま、誰も助けてくれなければ美織は死んでいた。

自害に及んだ姉にも増して、命を無駄にしたかもしれぬのだ。

救われた命を活かしたい。

切なる一念の赴くままに、美織は前に進むのみ。

本所の屋敷へ向かう足の運びも力強い。

新兵衛に果たし状を突き付けたのは、昨日のこと。

対決の日は九日後。場所は本所の回向院。

十兵衛が仁吉との麩の焼勝負に臨む、その当日だった。

三

仁吉が店を構えているのは、日本橋の北詰。

魚河岸に近く、早朝から賑《にぎ》わいが絶えない一帯だ。

商いに関しては、江戸の一等地と言っていいだろう。

それだけに地代も安くはなかったが、筋の良い客が毎日集まり、気前よく大枚を落としてくれるのならば、店を構えた甲斐もあるというもの。

和泉屋といえば、市中の甘味好きで屋号を知らぬ者はいないはず。

あるじの仁吉の評判も、今やうなぎ登りであった。

そんな昇り調子のところに水を差したのが、笑福堂の十兵衛。

分もわきまえず、余計な真似をしてくれたものだ。

笑福堂に奪われた岩井信義は、他の上客とは違う。

長年の菓子三昧で肥やした、名菓を吟味する目と舌はもちろんだが、隠居しても将軍とつながっているのが侮れない。

当代の将軍は、甘味好きで知られた家茂《いえもち》公。

虫歯になりながらも菓子を味わうのを日々の喜びとし、いずれ京から迎える和宮と共に楽しみたいと願っているらしい。

将軍と御台所に菓子を毎日献上する御用達となれば、甘味屋として、これに勝る名誉は無い。

もしや、笑福堂はそうなることを望んでいるのか。

「成り上がりもんが、思い知らせたるわ……」

思わず上方言葉が出てしまうほど、仁吉ははらわたが煮えくりかえっていた。

出世を邪魔する者は許せない。

いっそのこと勝負などせず、ひと思いに引導を渡してやりたい。手蔓《てづる》さえあれば裏の稼業人に始末を任せたいところだった。

「十兵衛……さむらいじみた名乗りをしよって、何様のつもりやねん。どこの馬の骨か知らへんけど、大きな顔させてたまるかいな……」

ぶつぶつ言っていたところに訪ねてきたのは、大柄な旗本。

中庭に面した部屋で、二人は向き合った。

「真島様……にございますか？」

名乗られても、ピンと来ない。

たちまち相手の旗本——新兵衛はいきり立つ。

「無礼であろう。俺は平側衆を務めし、真島の嫡男《ちゃくなん》であるのだぞ！」

「畏れながら、それはお父上のことでございましょう」

食ってかかる新兵衛に応じる、仁吉の顔はしらけきっていた。

親の権威を笠に着る輩が、大嫌いなのである。

仮にも直参なので腰を低くしているが、本音は上方言葉で思い切りどやしつけてやりたいところ。

たしか父親も上役に取り入るのが巧みなだけで、大したことがないはず。

公儀御用達となるのを目論《もくろ》む仁吉は便宜を図ってもらえそうな、幕閣の主だった顔ぶれについては、抜かりなく当たりを付けている。ご機嫌伺いに自家製の菓子折を届けたり、盆暮れの挨拶も欠かしていない。

だが、平側衆の中でも真島家のことは忘れていた。

いずれ失脚するであろう輩など、覚えておく値打ちが無いと見なせばこそだった。

商人は武士よりも先の情勢が読める。

いずれ幕閣は人事を見直し、無能な者を締め出して再編する必要に迫られることだろう。そうなれば真島家など、いの一番にお役御免になるはずだ。

まだ日の本が平和だった、十年ほど前に旗本として格上の佐野家と近付きになり、その伝手《つて》でようやく職を得たとなれば、当人に実力など有りはしない。

そして、息子は剣の腕しか能の無い放蕩者。

会ってみて得心したが、構う値打ちもない手合いである。

とはいえ、暴れ出されては面倒だ。

なまじ腕利きだけに、下手に怒らせては始末に負えまい。

とりあえず話を聞いてやり、適当に小遣いでも与えて帰すべし。

愛想笑いを浮かべ、仁吉は言った。

「では真島様、ご用向きをうかがいましょう」

「ふん、大きく出られるのも今のうちぞ」

にやりと新兵衛は笑みを返す。

短気な男と思いきや、意外にも辛抱強い。

しかるべき目的があればこそ、軽く見られながらも怒りを抑えていたのだ。

「聞けば、そのほうは深川の甘味屋と勝負をいたすそうだな」

「……笑福堂のことですか」

平静を装って答えながらも、仁吉の心中は穏やかではない。

菓子になど興味も無さそうな旗本のどら息子が、いつの間に、十兵衛と勝負することを嗅ぎ付けたのだろうか。

近くの本所に屋敷を構えているというだけで、話が耳に入るとも思えない。

まさか、当の十兵衛が言いふらしているのか。

だとすれば、思った以上に鼻持ちならぬ男である。

あの信義から気に入られるほどの菓子職人ならば、腕前はむろんのこと、人柄も優れていて当たり前のはずだが、どうやら十兵衛は違うらしい。

あの男、どこまで恥を知らぬのか。

親しみやすそうな顔をして、存外にしたたかなのか。

いずれにせよ、人をこけにするにも程がある。

「……何も、真島様に関わりはございますまい」

苛立ちを覚えながらも、仁吉は努めて冷静に言った。

「いずこにてお聞き及びになられたのかは存じませぬが、それほど大げさな話ではありませぬ。同業の者同士、ちと腕を競おうというだけのことにございますよ」

募る腹立ちは、おくびにも出しはしない。

「ふっ……」

そんな仁吉を見やり、新兵衛は皮肉に笑った。

委細は承知の上。

そう言いたげな面持ちである。

続けて語りかける口調も、皮肉めいたものだった。

「まるで座興のような口ぶりだなぁ、和泉屋よ」

「そのようなものと思うてくだすって、差し支えありませぬ」

「さーて、どうであろうな……」

とぼける仁吉を見返し、新兵衛は嗤《わら》う。

「そのほう、あの男を軽んじては火傷《やけど》をいたすぞ」

「笑福堂のあるじ殿のことですか」

「左様」

「お名前こそお武家めいて立派にございますが、ただ、それだけのことかと……」

「ふっ、やはり知らぬらしいな」

新兵衛はまた嗤った。

「小野十兵衛は正真正銘の士分よ。それも加賀百万石に連なる支藩にて、台所方を代々務めし家の出であるそうだ」

「まことですか？」

仁吉は驚いた。

明かされた十兵衛の素性も意外だったが、そんなことを新兵衛が知っているのが気にかかる。

「真島様はいずこにて、左様なお話を……」

続けて問いかけようとした刹那、仁吉は絶句した。

旅姿の武士が三人、庭に入ってきたのである。

裾割れの打割《ぶっさき》羽織に、細身で動きやすい野袴。

帯びた刀の鞘《さや》には、埃除けの蟇肌《ひきはだ》。

揃いの旅装に身を固めている。

いずれも無言で、漂わせる雰囲気は禍々《まがまが》しい。

素人《しろうと》目にも、相当な剣の遣い手ばかりと見なされた。

「な、何ですか、お前さん方っ」

「怪しい者ではない。小野を誅《ちゅう》さんがため、お国許より差し向けられし討手よ」

慌てて腰を浮かせかけた仁吉を、新兵衛はなだめる。

しかし、すぐに得心できるものではない。

「真島様、討手とは何事ですか？」

「まぁ、有り体に申さば刺客だな」

「し、刺客……」

仁吉は絶句した。

穏やかならざる話である。

吹けば飛ぶような甘味屋のあるじは、元は武士。

しかも、かつての主家から追われているらしい。

できることなら裏の稼業人を雇って始末したいと思いはしたものの、まさか本当に刺客に狙われる身であったとは――。

さすがの仁吉も、度肝を抜かれっぱなし。新兵衛を追い返すつもりでいたときの余裕は失せ、先ほどから困惑するばかりだった。

もはや、主客は転倒していた。

「落ち着いて聞くがいい、和泉屋」

「……はぁ」

「これはそのほうにとって、良き話ぞ」

「…………」

「どうした？　我らが総出でバッサリ始末を付けてやると申しておるのだぞ。少しは喜ばぬか」

笑えるはずがない。

何とも物騒な話であった。

上方でも江戸でも、争う相手を蹴落とすために手段を選ばず、あくどい真似も辞さなかった仁吉だが、さすがに命まで奪ったことはない。

裏の稼業人でも雇えぬものかと夢想したのは、あくまで願望。

こんな話、迂闊に乗ってはなるまい。

仁吉は考え込んでしまった。

そこに新兵衛が呼びかける。

「悩むには及ぶまい、和泉屋」

「ですが、真島様」

「構わぬ、構わぬ。小野はどのみち、討たれてしかるべき咎《とが》を背負いし身ぞ」

「咎……にございまするか？」

「左様」

「あの男、如何なる罪に及んだのでありますか」

「聞くも語るも呆れたことよ。代々仕えし主君を裏切り、御国御前とその娘を拐《かどわ》かしたのだ」

「そ、そんなことをしでかしたのですか⁉」

仁吉は度肝を抜かれた。

「どうだ和泉屋、あやつ、大した悪党だろうが」

「は……」

一部始終を聞き終え、仁吉はようやく合点が行った。

十兵衛は不義者なのだ。

小さな店を構え、女房と娘を抱えて堅実に暮らしていると装いながら、実は主君の側室と不義密通に及んだばかりか、年端もいかぬ息女まで国許から連れ出した大罪人だったのだ。

とんでもない甘味屋がいたものである。

それにしても、なぜ新兵衛はこんなことを仁吉に明かしたのか。

こちらの勝負になど構わず、速やかに十兵衛を討ち果たし、遥香と智音の身柄を保護すればいいではないか。

どうして、わざわざ断りを入れるのか。

理由は当人の口から明かされた。

「事の始末を、我らは九日の後に付ける所存だ」

「はぁ」

「何の日か思い当たらぬか、和泉屋」

「……手前が笑福堂のあるじと、勝負に及ぶ当日にございまする」

「おやおや、それは好都合であったなぁ」

新兵衛は嗤った。

わざとらしい笑みである。

返事をせずにいると、思った通りの言葉を突き付けてきた。

「勝負の場に小野が現れなくば、自ずとあやつの負けとなろうぞ」

「………………」

「こちらは日延べいたしても構わぬ。いっそのこと小野に情けをかけ、そのほうらの勝負の黒白《こくびゃく》が付きし後ということにしようかの」

露骨な要求をするものだ。

勝負の当日、頃良く十兵衛を始末してやるから礼金を出せ。

新兵衛は、そう言いたいのだ。

国許から差し向けられた三人の刺客と出会ったのを幸いに結託し、仁吉から金を引っ張ろうと目論んだのだ。

たしかに、始末を付けてもらえるのならありがたい。

十兵衛に後れを取るつもりはないが、あの信義を感心させたほどの腕前となれば油断は禁物である。

引き分けはまだしも、万が一にも敗れたら面目が立つまい。

公儀御用達の夢を叶えるのはおろか、店の売り上げも落ち込み、商いそのものが立ち行かなくなりかねない。

ここは新兵衛の誘いに乗るべきではないか。

むろん金を払うからには、確実に成し遂げてもらう。

報酬を渡す以上、こちらには口を出す権利がある。

「……よろしゅうおます。おたからは出しまっさかい、あんじょう頼んまっせ」

「任せておけ」

思わず上方言葉になったのを意に介さず、新兵衛は笑顔で請け合う。

十兵衛の始末を持ちかけたのは、金を得るだけが目的ではない。

仁吉を手の内に取り込めば、更なる出世の役に立つはず。

老い先短い老人に、甘味好きな将軍の歓心を独占させてはおかない。可愛がっている十兵衛をまずは亡き者にし、いずれ信義にも引導を渡してやればいい。

そんな野望を抱いていたのだ。

新兵衛にとって、どのみち十兵衛は邪魔な存在。

いつの間にか美織と親しくなり、一家総出で構っているのも小ざかしい。

あのじゃじゃ馬とも、この機に決着を付けるつもりだった。

笑福堂に探りを入れていて知り合い、手を組むに至った三人の刺客とは、すでに話が付いていた。

十兵衛を討ち取り、遥香と智音も亡き者にする手伝いをする代わりに、こちらは万が一にも敗れて恥を掻かぬため、美織を返り討ちにするのに協力させる。

しかも報酬は山分けで構わぬと持ちかけられ、刺客たちがすぐさま首肯したのも当然だろう。

あの母娘の始末は、もとより欲得ずくで為すことだ。首尾よく成し遂げて帰国するまで、褒美など一文も得られはしない。

おまけに新兵衛からも大枚の報酬が得られるのを、見逃す馬鹿などいまい。しかも新兵衛は不自然な形でなく、公儀から目を付けられることもなく、互いに邪魔な存在である十兵衛を片付けようというのだから、どこにも断る理由はなかった。

新兵衛も刺客たちも、それぞれに利点を見出している。

かかる企みを、仁吉は知らない。

勝敗と目先の商いにこだわる余り、自分が利用される羽目になろうとは、予想もできていなかった。

四

当日は朝から晴れ渡っていた。

十兵衛の準備に抜かりはない。

琉球菓子のチンビンをこしらえるのに必要な材料は、すべて揃っている。

小麦粉に黒砂糖、小瓶入りの菜種油。

いずれも量を多めに用意し、お代わりにも対応できるようにしてあった。

愛用の鉄鍋とさらしも、用意ずみ。

ぶっつけ本番で勝てると思うほど、十兵衛は自信家ではない。

日々の商いの合間を縫い、勝負のために腕を磨くことを怠ってはいなかった。

むろん、やみくもに作るばかりでは意味がない。

甘い黒糖入りのチンピンも、肉味噌を巻いたポーポーも、製法そのものはさほど難しくなかった。その点は茶席の伝統から生まれた、麩の焼も同じである。

逆に言えば、作り方がかんたんであればこそ、ごまかしが利かない。

会場の和泉屋には信義をはじめ、複数の吟味役が一堂に会する。

抜かりのない、仁吉らしい段取りだった。

たとえ信義が十兵衛を贔屓し、票を入れてくれたとしても、他の面々の評価に値しなければ、勝負には敗れてしまう。

一人一人の持ち点が同じとなれば、信義にばかり受けても勝ち目はない。

誰もが納得の行く、美味さを出さなくてはならないのだ。

しかも何枚もの焼き菓子を手早く、均一の味に仕上げる必要がある。

かかる課題を乗り越えるため、判断を仰いだ相手は智音。

信義はもとより遥香と美織も、どうしても十兵衛に肩入れをしてしまう。

その点、智音は公平な立場だった。

十兵衛に打ち解けていないということは、贔屓もしない。

それでいて、こしらえる菓子が美味ければ評価し、愛想を言わぬ代わりに黙々と平らげてくれる。

幼いながらも確実に、出来不出来を判定してくれる存在なのだ。

そんな智音の下で毎日、十兵衛は修練を積んできた。

覚悟していた以上に、手厳しい毎日だった。

美織の前でぱくぱくと、嬉しげに食べていたのが嘘の如く、

『ぼそぼそする。こなっぽい』

『くろみつにむらがある。かたまってる』

と指摘したり、あるいは、

『まずい。もうたべたくない』

とバッサリ斬り捨て、十兵衛にやり直しをさせ続けた。

智音も楽ではなかったはずである。

同時に焼き上げたのをぜんぶ食べればすぐ腹一杯になってしまうため、一口ずつ味見をする方法で、根気よく付き合ってくれたが、それが毎日続くとなれば、甘味好きでも耐えがたかったことだろう。

その甲斐あって、手早く均一に焼き上げたチンビンを供することができるようになったのだから、智音さまさまというものだ。

相変わらず、愛想は良くない。

「ご武運をお祈りいたしまする」

遥香が甲斐甲斐しく火打ち石を打ち、切り火を肩にかけて送り出すのを、じーっと足下から見上げるばかり。

笑福堂を後にする十兵衛は、もとより気にしていなかった。

大人に気を遣い、愛嬌を振りまく子どもは、かえって痛々しいものだ。

その点、智音は自分に正直であった。

夜に厠へ行くときだけは頼るが、それ以外は十兵衛を当てにせず、幼いながらも自力で何でもやろうとする。何不自由なく育てられた身でありながら、自立すべく頑張っている。

芽生えを促すことにつながっているのなら、煙たがられても構うまい。

十兵衛は近頃、そう考えることができるようになってきた。

今日の勝負も、智音のおかげで自信がついた。

後は敵陣に乗り込み、存分に腕を振るうのみ。

だが、その前に本所の回向院に寄らねばならない。

昨夜遅く、美織から文が届いたのだ。

新兵衛との勝負で助太刀をしてほしい、という内容だった。

「何卒ご助勢を賜りたく、頼み参らせ候……か」

そんな手紙を寄越したからといって、美織を見下すつもりは毛頭無い。

むしろ、素直に頼ってもらえたことが嬉しかった。

六歳下の美織は、十兵衛から見れば妹のようなもの。

世間から夜叉姫と呼ばれているのだから、一人で決着を付ければいいと突き放すほど冷たくはなれないし、新兵衛に勝てるほど強くはないのも分かっている。

竪川に落ちて溺れかけたのを介抱して以来、十兵衛は美織にとって因縁の相手と聞いた新兵衛のことを、密かに調べ上げていた。

旗本の恥と言うべき男だが、たしかに剣の腕は立つ。

十兵衛でも楽に倒せる相手ではない。

まして素手ならば、苦戦を強いられるのは必定だろう。

それでも互いに刀を取って立ち合えば十兵衛が六、新兵衛が四。

だが新兵衛と美織ならば、七対三で危うい。

実を言えば、まだ挑戦するには早すぎる。なぜ決着を急ぐのか。

可能ならば止めたかったが、余計な口出しは控えねばならない。

女人といえども、美織は武士。

男装に身を固め、剣の修行に勤しんできた。

彼女なりに信念を持って選んだ生き方であるからには、尊重すべし。

できるのは、助けを求められたときに快く、手を貸すことのみ。

その機が訪れた以上、放っておけない。

こちらも勝負が控えているとはいえ、まだ時間には余裕がある。

回向院の境内とは新兵衛も派手な舞台を選んだものだが、助太刀をした後に日本橋へ向かう十兵衛にとっては、かえって都合がいい。

大川に面して設けられた回向院の表門を出れば、両国橋はすぐ目の前。一気に渡って南へ走れば、和泉屋のある日本橋の北詰に辿《たど》り着く。限られた時を無駄にせず、もちろん美織の身を護るためにも、新兵衛には一撃で倒れてもらおう。

とはいえ、命まで奪うつもりはない。

助太刀のため、持参したのは金剛杖《こんごうづえ》。

富士講が盛んな江戸ではしばしば見かける、ありふれた白木の杖も、腕に覚えの十兵衛の手にかかれば立派な得物となる。

過去の非道を省みさせるため、少しは痛い目に遭ってもらおう。

そんなつもりで回向院の門を潜った十兵衛を待っていたのは、四人の敵。

すでに戦いは始まっていた。

新兵衛が美織を装って十兵衛に送った手紙には、わざとずらした時間が記されていた。まずは刻限通りにやって来る美織、次は遅れて現れる十兵衛と順繰りに余裕を持って迎え撃つ策だった。

孤軍奮闘していた美織は、助っ人が来てくれるとは思ってもいなかった。

「じ、十兵衛どのっ」

上げた声には、恥じらいと安堵が入り交じっている。

そんな美織に黙ってうなずき返し、十兵衛は視線を転じた。

険しい目を向けた相手は、新兵衛と三人の刺客。

数に任せて美織を追い込みながらも、手にしているのは木刀。

さすがに寺社の境内で本身を振るって、殺生に及ぶつもりは無いらしい。

とはいえ、女を相手に四対一とは卑怯《ひきょう》な話。

まして新兵衛が連れてきたのは、十兵衛にとっても敵だった。

「真島殿……その者たちは、ご家中の士ではあるまい」

国許で見覚えのある顔ぶれと承知の上で、突き付けた質問だ。

「ほざけ」

開き直った様子で、新兵衛はうそぶく。

「うぬが美織を助太刀いたすと聞き及んだ故、こちらも助勢を乞うたのだ」

「さて、いずこで聞いたのかな」

「知ったことか」

「左様か……ならば、答えずとも構わぬ」

十兵衛の声は淡々としていた。

汚い奴は、どこまで行ってもあくどい。

そんな手合いの言うことなど、まともに相手にしてはいられない。

群がる野次馬たちの暴言も同様だった。

「おいおい助太刀さんよ、何を御託ばっかり並べてんだい」

「四の五の言ってねぇで、早えとこ夜叉姫さんを助けてやんなよ！」

十兵衛に投げかけられる野次は厳しい。

芝居を見物するかの如く、成り行きを楽しんでいるのだ。

ならば、こちらも芝居っ気を交えていいだろう。

すっと十兵衛は金剛杖を振り上げた。

「おっ、見得を切りなすったぜ」

「団十郎にでもなったつもりかねぇ」

「おい兄ちゃん、そんな童顔じゃ締まらねぇぜ！」

失笑を浴びながらも、十兵衛は派手な構えを止めなかった。

複数の敵を相手取るときは、不意を突かれぬ備えが必要だ。

正面にばかり気を取られて、背後から打ちかかられればお終いである。

そこで一計を案じ、わざと野次馬たちの目を引きつけたのだ。

「何を気取っておるか、痴れ者めっ」

怒号を上げて打ちかかったのは、国許からの刺客の一人。

振り下ろす木刀には、本身と変わらぬ刀勢が乗っている。

まともに喰らえば、無事では済むまい。

とっさに合わせた杖で打ち払い、十兵衛は見得を切った。

「よっ、成田屋!」

野次馬の一声に、どっと笑いが沸き起こる。

もとより回向院の境内は相撲の興行が行われ、露店や大道芸で賑わう盛り場。

朝一番から始まった決闘は、たまたま来合わせた人々にとって、芝居さながらの見世物となっていた。

得物を交える十兵衛たちが真剣なのは、むろん野次馬たちも分かっている。

茶化すばかりでなく、危険を知らせるのも忘れなかった。

「兄ちゃーん、後ろ、後ろ！」

「こんどは左だ左、気を付けな！」

「夜叉姫さん、右から来てますぜ！」

十兵衛の狙い通りだった。

こうして野次馬を味方に付け、口々に教えてもらえれば、死角から打ちかかってくるのも余裕を持って避けられる。気を張り詰めることなく、相手ができるのだ。

美織も序盤の劣勢から立ち直り、果敢に木刀を振るっている。

思わぬ成り行きに戸惑ったのは、新兵衛と刺客たち。

「話が違うぞ、真島殿っ」

「や、やかましいっ」

余裕が無いのは新兵衛も同じだった。

こうなれば、恐れるには値しない。

十兵衛の杖がうなりを上げる。

「うっ!?」

「ぐわっ」

二人の刺客がのけぞった。

速攻の突きで左肩を痛め、しばらくは刀を振れぬことだろう。

菓子を作る手で人を斬りたくない以上、刺客といえども殺したくはなかった。

されど、この場で打ち倒さなくては美織ばかりか、ひとっ走りした先の笑福堂に乗り込んで、遥香と智音の命まで危うくされるのは必定。

ならば新兵衛ともども、役に立たぬようにすればいい。

だが、そこまで気負う必要もなかった。

「む？」

身を翻した十兵衛の目に、崩れ落ちる刺客の姿が映る。

三人目を悶絶させたのは美織。

真っ向から渡り合い、押し返しざまに胴への一撃を決めたのだ。

「見事だ、美織どのっ」

「はいっ」

嬉しげにうなずきながらも、美織は油断をしていない。

最後に残った新兵衛は、彼女が倒すべき敵。

邪魔な助っ人が排された今こそ、一対一で倒すときだ。

美織は猛然と前に出た。

十兵衛に促されるまでもない。

「いざ、勝負!」

凛々しい声を上げながら、ひたと木刀を前に向けている。

こうなれば、新兵衛も逃げてばかりはいられない。

「ちょこざいな、おなごの分際で……」

苛立ちを露わにして、ずんずん迫る。

二人の間合いが、たちまち詰まった。

「ヤエィ」

「トォー」

気合いの応酬に続き、木刀が響き合う。

新兵衛は外道であっても、やはり強い。

左右から連続して打ち込まれ、美織は劣勢。

刹那、十兵衛は杖を振りかぶった。

投げ付けた先は新兵衛の左足。
美織を打ち倒すべく、右足を浮かせた隙を狙ってのことだった。
隙を突くのは、悪党といえども心苦しい。
だが、二人の力の差は明らか。
今の美織は手を貸さなければ、どうにもならない。
なればこそ、十兵衛は窮地を救ったのだ。
その代わり、勝手をさせるつもりもなかった。
「待ちなされっ」
美織を背後から止めたのは木刀を放り捨て、刀を抜こうとしたからだった。
「お、お放しください！」
もがいても、美織は抜刀することができなかった。
十兵衛が後ろから鞘をつかみ、押し下げていたからだ。
これでは右手ばかり動かしても、刀身は鞘から出てこない。
その間に、新兵衛は逃げ出した。
しかし左足が動かず、思うようには走れない。

「情けねぇなぁ、あれでお旗本のつもりかよ！」

「そんなざまで、ほんとに攘夷なんぞができんのかい！」

あたふたしながら境内から逃げ去っていくのを、野次馬たちは嘲《あざけ》り笑った。

「骨の芯まで砕かせていただいた。あの足は生涯、治りますまい」

「十兵衛どの……」

「刀取る身にとって、左の半身は命にござる。されど、真島殿には無用の長物……なまじ戦場《いくさば》になど立たせぬほうが、よろしゅうござろう」

小声で告げる十兵衛は、武家言葉に戻っていた。

美織に斬られかけた新兵衛のことを、ただ救ったわけではない。

名門流派の剣を学び、どれほど技倆に秀でていても、心は最低。

そんな輩に、幕府の行く末は託せない。

斯様《かよう》に見なし、二度と戦えぬようにしてやったのだ。

腕に自信のあった新兵衛にとっては、死ぬより辛《つら》いことだろう。

だが、すべては当人が蒔《ま》いた種。

ふざけた世渡りをしてきた報いと受け止め、己の至らなさを猛省しながら、残る半生を真摯《しんし》に過ごしてもらうしかあるまい。

そして十兵衛には、為すべきことが待っていた。

「お先に参ります。日本橋まで、早駆けいたさねばなりませぬ故」

「かたじけのうございました……」

「向後は無理をなさらず、好きに生きてくだされ」

涙する美織に告げる、十兵衛の口調は優しい。

だが、続く一言は意外なもの。

「時に美織どの、持ち合わせはござらぬか」

「はい？」

「恥ずかしながら嚢中《のうちゅう》無一文にござれば、少々貸していただきたい」

ふざけているわけではない。

真面目な面持ちで、頭を下げて頼んでいた。

「さ、さればこちらを」

戸惑いながらも美織が懐中から出したのは、男物の紙入れ。

「二両二分ほどございまする。どうぞ、このままお持ちください」

「かたじけない」

礼を述べるや、だっと十兵衛は走り出す。

持参したはずの菓子の材料と器具は、ひどい有り様で役に立たなくなっていた。

乱戦の渦中で包みごと跳ね飛ばされ、めちゃめちゃにされたのだ。

これも新兵衛たちが仁吉から請け負った、役目のひとつ。

十兵衛としたことが、まんまとしてやられたのだ。

境内の玉砂利にぶちまけられた小麦粉や黒砂糖を、拾い集めようとしたところで無駄なこと。

木刀で叩かれて凹《へこ》んだ鍋や、びりびりに引き裂かれたさらしも同様だった。

何とか無事に残っていたのは、割れずにいた小瓶の菜種油のみ。

裂かれたさらしで縛り、蓋が開かぬようにしたのを持っていったのは、これでも使い途《みち》はあると見なせばこそ。

遅れた上に材料を失った以上、考えを改めて勝負に臨む必要があった。

仁吉が用意するのは上方仕込みの、昔ながらの麩の焼に違いない。

正統派には、やはり正統の菓子で挑むのがふさわしい。

当初、十兵衛はそのように考えていた。

なればこそ唐土《もろこし》から伝来して琉球に根付き、長らく伝えられてきたチンビンを選んだのだ。

粉も砂糖も高くはないが、信義ら審判一同を客人と見なし、もてなすために吟味したつもりである。

せっかくの支度が無に帰したからには、考えを改めるしかない。

和泉屋に集まった信義らお歴々は今、どうしているのか。

彼らに満足してもらうことを第一に考え、日本橋へ向かいながら、いちから支度を調えるのだ。

美織から金を借りたのは、そのためであった。

両国橋を駆け渡り、まず手に入れたのは、大ぶりの籠。

これから買い求める材料を、収めていくのだ。

何を措《お》いても必要なのは、小麦粉と砂糖のはず。

ところが十兵衛が真っ直ぐ向かった先は、神田のやっちゃ場。

火急の折に、何も寄り道をすることはないはずだ。

通りがかった店で、小麦粉を仕入れたのはいい。

しかし、担いだ籠に入れたのは、ほとんどが青物。

新鮮なのは良かったが、菓子の材料になるとは考えがたい。

そればかりか魚河岸にも立ち寄り、小売り用の盤台《ばんだい》に並んだ魚介を手早く見つくろっては勘定を済ませ、どんどん籠に放り込む。

仕上げに寄ったのは、何と鍛冶《かじ》屋。

大きめの鍬《くわ》の刃をまとめて出してもらい、荒縄で巻いたのを提げて駆け出す。

肩に担いだ籠も、中身はぎっしり。

いずれも菓子とは関わりがない。

一体、どんなものをこしらえるつもりなのか――。

五

その頃、和泉屋では集まったお歴々が焦《じ》れていた。

大店のあるじがいれば、名だたる文人墨客も顔を連ねている。

広い座敷の上座に陣取るは、岩井信義。

それぞれの前に置かれた皿は、とっくに空になっていた。

幾ら待っても十兵衛が姿を見せぬため、先に仁吉が自慢の麩の焼を供したのだ。

小麦粉の生地の両面を焼いて薄く伸ばし、くるみ味噌のあんをくるんだ、まことに結構な一品だった。

成り行きで先攻となった仁吉の菓子を味わっている間に、ぎりぎりでも十兵衛が到着できれば、それで良し。

遅れ馳せながら美味いものを供し、後攻の不利を挽回《ばんかい》できるほどの出来を示してくれれば、勝機はあるはず。遅参を理由に不戦敗とさせてはなるまい。

信義は斯様に判じ、一同を引き留めたのだ。

ところが、いつまで経っても十兵衛は現れない。

朝から集まったというのに、もうすぐ昼である。

お歴々は、いずれ劣らぬ菓子三昧。

中でも群を抜いて目と舌が肥えており、家茂公の信頼も厚い岩井信義には誰もが敬意を払っていたが、贔屓の十兵衛が一向に姿を見せぬとあっては、さすがに苦言を呈さずにはいられなかった。

「ううむ、遅うございますなぁ……」

「版元に参らねばなりませぬ故、そろそろおいとましなくては……」

「岩井のご隠居様の折紙付きなれば、悪しざまに申してはなりますまいが……その笑福堂十兵衛なる者、もしや刻限を間違えておるのではありませぬか？」

信義は黙り込んだまま、じっと目を閉じているばかり。

もはや、これ以上は引き留めきれまい。

一番の理由は、お歴々の腹が空きすぎていること。

和泉屋と笑福堂の優劣を決めるために設けられた一席とはいえ、集まった面々はそれほど深刻に構えていたわけではない。

同好の士が顔を合わせて歓談しつつ、最長老の信義がすすめる二人の菓子職人の味を楽しませてもらえるとは、面白い。

そんな軽い気持ちで集まっただけなのに、信義は険しい面持ちで一同を威圧して厳正な吟味を求めたのだ。

せめて仁吉と十兵衛が同時に揃い、それぞれこしらえた品を速やかに供してさえいれば、お歴々も集中して審査に取り組めたことだろう。

だが、待てど暮らせど十兵衛はやって来ない。

ならば、仁吉の麩の焼をお代わりしたい。

空腹に耐えかねて、一同がそう言い出したのも当然だろう。

ところが、仁吉にも誤算があった。

本格の麩の焼は、下ごしらえに手間をかける。

具のくるみ味噌あんはもちろんのこと、生地作りにも手を抜かない。

小麦粉をこねるとき、まずは水を多めに加え、前の半量を足してこね上げたのをたっぷり半刻（約一時間）は寝かせておく。

その生地を一度に使い切ってしまい、お代わりを出せなかったのだ。

かといって寝かせる工程を省き、水を入れてこねただけの小麦粉をサッと焼いたところで、同じ出来にはなり得まい。

最初よりも明らかに劣ると分かっている品をわざわざこしらえ、客に食べさせることなど、できるはずもないだろう。仁吉に限らず、職人の矜持《きょうじ》が許すまい。

それにしても、十兵衛は遅かった。

「申し訳ありませぬ、ご隠居さま……」

「手前もそろそろ……」

一人が腰を浮かせたのを皮切りに、一人、また一人と席を立つ。

これではなし崩しに解散となり、今日の集まりはお開き。

仁吉の勝ちということで、結果が出てしまうのだ。

ここは大音声を発してでも、止めねばなるまい。

大人げないと思われようとも、十兵衛のために手を尽くすのだ。

信義は、静かに息を吸い込む。

と、そこに朗々とした声が響き渡る。

「お待たせいたしました。ご一同さま」

声が聞こえてきたのは中庭からだった。

慌てて縁側に駆け寄り、障子を開け放ったのは仁吉。

勝負は決したと確信し、廊下に控えていたのだ。

動揺を隠せぬ瞳に映ったのは、柔和な童顔。

「笑福堂……」

うめく声は、怒りを帯びている。

無理もないだろう。

このまま十兵衛が現れなければ、勝ちは仁吉のものだった。

菓子職人としての評判と誇りを取り戻し、いずれは信義も再び自分のことを認めざるを得なくなるだろうと踏んでいた。

そんな期待が一瞬にして水泡に帰したのだから、怒り心頭なのも当たり前。

とはいえ来てしまった以上、好きに調理させてやらざるを得ない。

仁吉の麩の焼と、十兵衛のこしらえる一品。

その味比べをしなくては、今日の集まりはお開きにできないのだ。

帰ろうとした客たちも全員、席に戻っていた。

誰も怒っていない代わりに、喜んでもいない。

参加したからには、吟味の責を全うしなくてはなるまい。そう思って、再び箸を取ろうというだけなのだ。

信義を除く全員が、十兵衛とは初対面。

笑福堂という屋号も、恐らくは聞いたことなど無いだろう。

過去についても、信義は明かしていなかった。

加賀百万石に連なる支藩の台所方を代々務める一族で、末っ子ながら菓子作りは本格の修業を積んだ身とあらかじめ述べれば、みんな十兵衛に期待を寄せ、供する品が何であれ、よほど不味くなければ褒めそやしてくれたに違いない。

だが、そこまで信義は甘くない。

前歴で人の印象を操作するのも、善し悪しだ。

なまじ期待をさせておいて、裏切ってしまっては元も子もあるまい。

十兵衛の場合には、的外れなものを作ることが一番の裏切り。

どんなに美味しい菓子が出てくるのかと期待しているところに、下手なものなど見せられまい。

菓子とは呼べないものをこしらえるとなれば、尚のことだ。

十兵衛が勝機を求めたのは、客たちがみんな空腹であるという一点。

調理を始める前に、信義に念を押したことだった。

「さればご隠居さま、こたびは皆々様のお腹《なか》を満たすのに重きを置かせていただきまする。ご容赦くださいませ」

「儂が許す。存分にいたすがよい」

「ははっ」

一礼して庭に降り立ち、十兵衛は支度を始めた。

まず用意したのは、即席のかまど。

大胆にも、縁側の前に設けたいと言い出したのだ。

信義が許すと言うからには、仁吉も逆らえない。

手伝ってくれたのは石田甚平。

信義の供として和泉屋に来ていたものの、いつまで経っても十兵衛が到着せずに気が気ではなかったのが、やっと安心できていた。

安堵すれば、労するのも苦にはならない。

まして十兵衛は立場こそ違えど、同じ肥後国に根付いた剣を学んだ仲間である。

「昔を思い出すわ。任せておけ！」

甚平は速やかに庭にあった石を積み、火を熾す。

その間に、十兵衛は下ごしらえ。

魚介と青物を刻んで桶に入れ、水を加えた小麦粉にざっと練り込む。

「おい十兵衛、これで良いのか？」

甚平が火に掛けたのは、鍛冶屋で買い求めた鍬の刃。

「申し分ござらぬよ。かたじけない」

客たちには聞こえぬように小声で謝した十兵衛は、油の瓶を取り出す。

蓋が開かぬように巻き付けておいたさらしを取り、菜種油を垂らす。

香ばしい湯気が立つのを確かめ、手桶の生地をざっと伸ばす。

縁側から座敷の中へ、魚介の焼けるいい匂いがたちまち漂ってきた。

「むう……」

「これは腹が鳴るわ」

「たまらぬのう」

これだけ期待が高まれば、焼き上がりを待つのも楽しみというものだ。

仁吉はまたしても誤算をしていた。

客たちのために取り急ぎ頼んだ仕出しがもうすぐ届く手筈《てはず》なのに、この様子では誰も箸など付けてくれまい。

程なく、待望の品が焼き上がった。

「おお……」

「何じゃ、このかりっとした味わいは……」

「美味い、美味い。これぞ雅味《がみ》というものですなぁ」

「ううむ、これはいい。儂の好みのものばかり入っておるわ」

口々に言い合いながら、お歴々は舌鼓を打つ。

居並ぶ客たちの空腹を速やかに満たすことができたのは、即席のかまどを幾つも設けていればこそ。

鉄板代わりの鍬の刃も複数用意してあるので、同時に何枚も焼けるのだ。

「おーい、お代わりじゃ」

「こちらも頼みますよ」

「はい、ただいま」

縁側まで出てきて催促するのに、十兵衛は即座に答える。

慌てるには及ばない。

甚平も焼き方の手伝いに回り、息のあった動きを見せているので助かっていた。

材料切れも、今のところは心配ない。

魚介と青物入りの生地を、二人は少しずつ用いていた。

気前よく焼きすぎると火の通りが悪くなり、油も控え目に使っているので、べたついてしまう。

けちけちするぐらいが、ちょうどいいのだ。

それに醤油や酢、七色唐辛子に山椒《さんしょう》など、さまざまな調味料を試しながら、一枚ずつ味わうのが、何とも面白い。

持て余すほど分厚いのをがっつり食べるのもいいのだろうが、今はやや物足りぬぐらいの薄焼きを二枚、三枚と供したほうが、食べるのも作るのも手早く済む。

一連の即断は、すべて吉と出た。

麩の焼は、お好み焼きの元祖と言われる。

そして十兵衛が用意したのは限られた時間と材料、器具を最大に活かしたことが功を奏し、図らずも好評を得るに至った即席料理。

こういう形に仕上げよう、と考えてこしらえたわけではない。

回向院での戦いを終え、日本橋に向かうときにまず考えたのは、待ちくたびれた客たちが、さぞ腹を空かせているに違いないということ。

迷惑をかけたからには、埋め合わせをすべし。

ここは菓子にこだわらず、腹にたまる一品を供したい。

両国に神田、さらには魚河岸と懸命に材料を求め、かけずり回った末に用意した薄焼きは、まさに馳走。型破りでありながら、客への誠意に満ちていた。

改まって、信義が勝ちを宣言してやるまでもない。

がっくりと肩を落とし、仁吉は座敷から退散する。

自分の屋敷内だというのに、すごすごと引き下がるより他になかった。

むろん、胸の内は荒れ狂っている。

「おのれ、笑福堂……」

揺らぐ足で廊下を渡りながら、つぶやく声は暗い。

深い執念を感じさせる声であった。

こういう男は、怒らせると厄介なもの。

このままには捨て置くまい。

必ずや、意趣返しをしてみせる——。

恨みを向けられた笑福堂の明日は、果たしてどうなるのか。

そんなことに、まだ十兵衛は頭が及んでいない。

所望されたお代わりを焼くのに、甚平と二人で大忙し。

ついに客たちは待っていられず、自ら手を出し始めた。

むろん、みんな手付きはたどたどしい。世間でひとかどの男たちだけに、家では台所に立つどころか、湯を沸かすことさえ皆無だからだ。

それでも、今は興味津々。

食欲をそそる匂いと野趣あふれる焼き方に釣られ、やってみたくてたまらない。

子どもの如く、嬉々《きき》として庭に集まっていた。

「ねぇ笑福堂さん、火加減はこれでいいのかね?」

「へい、そのぐらいで十分ですよ」

「おーい、油が足りないんじゃないのかい。うんともすんとも言わないよ」

「大丈夫ですよ若旦那、こう、ちりっちりっと音がするのを待っていらしてくださいまし」

「成る程な……うむ、そろそろ焼き上がりかのう……」

あろうことか信義まで聞き耳を立てつつ、鍬の刃とにらめっこしている。

「ご隠居さま、そんなに近付くと火傷をしますよ」

今や十兵衛は腰の低さも言葉遣いも元は武士、それも加賀百万石に連なる大名家で代々台所方を務めてきた一族の出には、とても見えない。

目の前の客のため、持てる力を出し尽くす。

それが笑福堂と、十兵衛の基本のあり方。

客にとっては喜ばしい姿勢と言えよう。

だが、世間は好事魔多し。

同業者の恨みは、とりわけ深いものである。

迫る危機を、十兵衛たちはまだ知らない。

第四章　半生かすてら

一

善くも悪くも、日の本の民は新しもの好き。

横浜をはじめとする寄港地に上陸し、我が物顔に振る舞う外国人を敵視して攘夷を叫ぶ武士たちを尻目に、海の向こうからもたらされた珍しい品々には、つい興味を示さずにいられない。

菓子についても同様だった。

「これは何ですか、十兵衛どの……？」

遥香が不思議そうに見つめるのは、横浜にしばらく出かけていた十兵衛が、製法を教わってきた焼き菓子。

まるくて厚みがあり、何とも甘い香りがする。

「ただのかすてらではありませぬぞ、御前さま」

竹べらを入れると、中は半生。

このとろりとした中身こそ、甘い香りの源だった。

「まぁ、美味しそうですこと」

目を細める遥香の傍らで、智音は食欲旺盛。

とはいえ、二人とも以前より痩せていた。

このところ店を開けられず、十兵衛が不在の間は乏しい貯《たくわ》えを切り崩し、細々と食いつないできたからだ。

さすがの智音も好き嫌いなど言っていられなくなり、何でも食べるようになったのは不幸中の幸いだが、一家揃ってひどい目に遭わされたものである。

ここまで来るのが大変だったが、もう安心。

単に珍しいばかりでなく、味も日の本で好まれる、本当に売れる西洋菓子が完成したのだ。

他の甘味屋に、この味はまだ出せまい。

そう確信し、十兵衛は微笑む。

顔に目立つ傷は、横浜での苦労の名残であった。

笑福堂一家が難儀を強いられたのは、晩夏から秋にかけてのこと。

原因は、和泉屋仁吉の逆恨みだった。

麩の焼勝負で敗れたことに遺恨を抱き、笑福堂に嫌がらせを始めたのだ。

最初は地回りをけしかけ、客が中に入れぬように表に立たせていたが、そんな手など松三たち常連の人足衆にかかれば屁《へ》でもない。あっさりと追い散らされ、何の妨害にもならなかった。

ならばと仁吉が踏み切ったのは、仕入れ先に圧力をかけること。

笑福堂に甘味の材料を売る問屋と、和泉屋は取り引きをしない。そう触れ回って脅しつけ、十兵衛を孤立させたのだ。

これほど堪える嫌がらせは、他にあるまい。

材料が手に入らなくては、まんじゅうもおはぎも作れない。

仁吉は乾物屋にまで手を回し、ところてんのテングサも買えぬ始末であった。

小名木川を船でさかのぼり、江戸を遠く離れた下総《しもうさ》まで買い出しに行くという手もあるが、手間がかかりすぎるし、仁吉に嗅ぎ付けられれば、頼んだ船頭にも迷惑がかかってしまう。

さすがの岩井信義も、仁吉の商いにまで介入するわけにはいかない。

その点は美織も同様。旗本である親を頼ろうにも、相手は手強い。

喧嘩《けんか》沙汰ならばお手の物の松三たちも、どうにも手を出せなかった。

たかが一介の菓子屋と、舐めてはいけない。

まだ公儀の御用達にのし上がる手前でも、仁吉の得意先には大名が数多い。

とりわけ大物なのは、新大橋近くの浜町に屋敷を構え、亡き井伊直弼に代わって幕政の実権を握る、老中の安藤信正《あんどうのぶまさ》。

執拗な嫌がらせは、天下の老中の威を借りればこそ可能なもの。

これでは太刀打ちできるはずもない。

仁吉をやり込めたのが裏目に出た十兵衛は、心苦しいばかりであった。

かくなる上は、甘味屋の商いをひとまず畳むしかあるまい。

そう決断した上で、横浜に飛んだのだ。

和菓子の材料は、すべて仁吉に押さえられた。

となれば、洋菓子に活路を見出すより他にない。

手を出すからには本格の製法を学び、よそに真似のできない味で人気を得よう。

ここは十兵衛にとって正念場。

相手の上を行く技を会得し、実力で嫌がらせを撥《は》ねのけて、勝つ。

そんな決意を固め、東海道を西へ向かったのだった。

二

横浜が長崎、箱館ともども開港され、対外貿易の拠点となったのは二年前、安政六年（一八五九）六月のこと。

とりわけ江戸から近い横浜は、かつては静かな漁村だったとは思えぬほど、今や活況を呈していた。

中心に置かれたのは、税関に当たる運上所《うんじょうしょ》。

黒船と呼ばれる大型の蒸気船や帆船が直に乗り入れることはできないものの、目の前の湾に向かって突き出た波止場からは、沖に停泊した母船と行き来するボートがひっきりなしに出入りしている。

取り引きの量が増えれば、居留する外国商人の数も増える。

開港当初に金銀比価の利鞘《りざや》でぼろ儲けしたのを元手に、そのまま会社を構えた者も少なくない。

十兵衛が関わったのは、そんな商会のひとつだった。

菓子を専門に商う会社ではない。

裏でいろいろやって稼いでおり、そのひとつが格闘の興行。

興行と言えば聞こえはいいが、腕自慢の船乗りたちを殴り合わせ、見物の外国人に勝敗を賭けさせるのだ。

そんな闇試合に十兵衛は参加したのである。

甘味屋からかけ離れた稼ぎに手を出したものだが、これも考えがあってのこと。

まずは、何を措いても現金が欲しかった。

洋菓子で再起を図るにせよ、仕入れには元手が要る。

小麦粉や砂糖はもとより、洋菓子に欠かせぬ卵、そして使うかどうかは一考の上だが、牛の乳も必要となってくる。金があれば買えるとは限らぬ、独特の材料だ。

和菓子とは別物の仕入れとなれば、新たな伝手を横浜で探す必要がある。
そうするためには、顔を売るのが手っ取り早い。
かくして煤《すす》けた闘技場を訪ね、試合に飛び入り参加したのだった。

その日、十兵衛はいつになく気が昂《たか》ぶっていた。
遥香と智音から離れ、一人で行動しているせいなのだろうか。
裏道の奥に見えてきたのは、大きな闘鶏場といった趣きの広場。
（逃げ場は無い……今の俺と同じだ……）
そう思い定めれば、自然と腹も括《くく》れる。
十兵衛は着流しの裾をはしょり、腿《もも》はむき出し。
着物の下には腹がけを着け、なけなしの銭を胴巻きにしていた。
今の手持ちだけでは、一日ぶんの材料も手に入るまい。
こういうときに足を運ぶのは、まず賭場《とば》だろう。
しかし、十兵衛は他人を当てにはしない。
稼ぐためには、体を張ればいい。

そう思って、闘技場を探し当てたのだ。
ここは頑丈な男たちにとっては、格好の稼ぎ場らしい。
殴り合って勝ち負けを決め、配当を受け取る。
腕っ節に自信があれば、確実に金になる。
閑《ひま》を持て余した、外国人の船員にばかり独占させておくことはあるまい。
言葉が通じずとも、意思の疎通はできるもの。
十兵衛が拳を交えた相手もそうだった。
闘技場に乗り込んだからには、もちろん、相手を倒さねばならない。
体と拳をぶつけ合い、制するのだ。
たとえ恨みが無かろうと、やり合わなければ怪我をする。
ここは気を昂ぶらせて臨まねばなるまい。
されど、十兵衛は闘志をむき出しにしない質。
彼に限った話ではない。
淡々と戦いの場に立つのは、武士にとっては自然なことだ。
そんなところが、外国人から見ると気味が悪いらしかった。

「御免。ひとつ手合わせを願おうか……」
目礼しながらの口上に、青い目の巨漢はひゅーっと口笛を吹く。
どうやら小馬鹿にされたらしいが、いちいち気分を害してはいられない。
審判と思しき白シャツ姿の男を見やり、十兵衛は顎をしゃくる。
早く始めろ。そう態度で示したのだ。
応じて、巨漢が前に出る。
十兵衛よりも、頭ひとつは背が高い。
それでいて、動きは機敏だった。
むやみに拳を振るうことなく、足さばきで間合いを詰めてくる。
竹刀や木刀で打ち合うのと同じ要領だ。
鈍重と思いきや、舐めたものではない。
この様子では、撃ちかかっても避けられるだろうか。
試すつもりで、十兵衛は軽く拳を見舞った。
ところが、避けようとしない。
重たい打撃を浴びせても同じで、堂々と受け止める。

見上げたものだが、同じ真似をすれば十兵衛では身が保つまい。

ようやく殴ってきたのを、足さばきでかわしていく。

そのとたん、飛んできたのは異国の叫び。

相手の巨漢ではない。

客の外国人が男女の別を問わず、ひきょう者呼ばわりを始めたのだ。

拳を避けずに受け続け、どこまで耐えられるのかで勝敗を決めるらしい。

(何だ、それは)

十兵衛は釈然としなかった。

そんな立ち合いを見物して、客も何が楽しいのか。

郷に入っては郷に従えと言うが、それでいいとは思えない。

要は、場を盛り上げればいいではないか。

「失礼いたす」

こっちの番なのだから早く殴らせろと言いたげな巨漢に一言告げるや、だっと地を蹴って飛び付く。

一気に締め上げて失神させるや、闘技場に飛び入ってきたのは清国《しんこく》人。

辮髪《べんぱつ》を振り回し、気合いを発しながら迫り来る。

怪鳥の叫びを思わせる、鋭い声だった。

この声に圧されてはなるまい。打ち倒される前に、攻めに転じるのだ。

思わぬことになったものだが、悪い気分ではなかった。

台所方の息子でありながら、関口流の修行に明け暮れた頃が懐かしい。

むろん、のんびり追憶したわけではない。

迫る相手の手刀《しゅとう》と足刀《そくとう》をさばきつつ、昔はこんなことばかりやっていたなと思い出していた。

江戸に来て一年余り、甘味屋を営んできたのは、自分であって自分でないような気もしてならない。

菓子作りは、国許では好きでやっていたこと。図らずも岩井信義が関わった献上菓子の件で出世の機を失ってからは、野心も失せて久しい。

思えばあの頃から、家中での立場というものに執着しなくなったのだ。

気楽な末っ子なればこそ、そんなことも言っていられたのだろう。

まさか藩主の愛妾《あいしょう》と娘を連れて脱藩しようとは、思ってもみなかった。

人生は、どう転ぶか分からぬものだ。

武芸や学問、あるいは十兵衛の如く料理や菓子作りを学んでいても、誰もがその技を生業とし、稼ぐために励むことになるとは限らない。

余技というか嗜《たしな》みの域にとどめ、大して行使する機を得られぬまま一生を終える者がほとんどだろう。

十兵衛の場合、武芸も菓子作りも腕を振るう折はないと思っていた。

風雲急を告げる時代と言われるが、どの大名の家中も尊王攘夷に揺れているわけではなかった。逆にお粗末な内情を抱え、天下に恥を晒《さら》さぬように事実をひた隠す大名家も少なくない。

遥香と智音が命を狙われたのも、そんな醜聞を隠すため。

あの母娘が愚行に及んだわけではない。

周囲の愚かさに、政には興味を持たぬ十兵衛も呆れずにはいられなかった。

二人を護って脱藩したのを、悔いてはいない。

ただ、人を殺したくはないと思う。

菓子を作る手で、命を奪うのは間違っている。

一生の生業にするかどうかはまだ分からぬが、自分のこしらえた甘味を喜んで口にしてくれる人々のためにも、この両手を血で汚したくはなかった。

とはいえ、今はいささかキツい。清国人の拳法使いは手強かった。

一挙一動が軽いようでいて、浴びせてくる打撃は強く、重たい。

柔術で締め落とした巨漢と違って、力で攻めてくるわけではない。

流れるような体さばきに、ぎこちなさは微塵も無かった。

十兵衛は追い詰められていく。

焦りが募った刹那、耳を貫いたのは一際大きな怪鳥音。

不意を突く叫びに圧された次の瞬間、ふっと意識が遠のく。

延髄に蹴りを浴びせられ、そのまま失神したのだった。

三

やはり、言葉が通じぬのは不自由なもの。

通訳の有難みを十兵衛が知ったのは、その商会の一室でのこと。

「おぬしはさむらい、それとも点心舗《テンシンプー》か？」

目が覚めたところに尋ねてきたのは、何と先ほどの清国人。

明かりの下で見れば、まだ若い。

見慣れぬ西洋行灯《あんどん》の火が照らし出す姿は、恐らく二十代の半ばすぎ。

体は細身だが顔はまるく、あどけなささえ感じさせる。

それでいて子どもじみたところは無く、むしろ十兵衛より落ち着いていた。

「もういい。さっきはおぬしをこらしめただけ」

跳ね起きざまに身構えたのを押しとどめ、告げる口調は重々しい。怪鳥音で威嚇するどころか、構えも取ろうとしない。

「……迷惑をかけたらしいな。相済まぬ」

今まで長椅子で休ませてもらっていたのに気付き、十兵衛は己の迂闊さを恥じずにはいられなかった。

「きにするな。わかればいい」

見返す清国人の表情に、呆れた様子は無い。

戦っていたときとは一転し、たたずまいも穏やかそのもの。

「ところでおぬし、なにものか」

「左様……」

十兵衛は答えに詰まった。

侍かと問われたのは分かるが、てんしんぷーとは何のことか。

「甘味屋、菓子職人と申さば、分かるか？」

「かし……点心……やはり、そうだったな」

「なぜ分かったのだ」

「においがした。そんなにあまいにおい、よそではつかない」

「ふっ、言われることはどこでも同じか」

十兵衛は苦笑した。

それにしても、見事に失神させられたものである。

あれほどの遣い手でありながら通詞《つうじ》もできるとは、商会で重宝されているのではないだろうか。

だとすれば、仕入れのために力を借りたい。

美織がそうであったように、この甘い匂いに気付く者は菓子にも関心がある。

洋菓子の作り方も、訊《き》けるのではないか。
しかし、すぐに十兵衛は思い直した。
（いや……今は言えた義理ではあるまいよ）
賭け試合に飛び入りしていながら場を混乱させた自分は、とんだ厄介者のはず。
下手をすれば、賠償金さえ請求されかねない。
この場は欲を出さず、早々に退散すべきだろう。
「世話になったな。されば、御免」
さりげなく告げつつ、十兵衛は目で出口を探す。
だが、一足遅かった。
おもむろに開いた木の扉から、何者かが入ってきたのだ。
（む……）
相手の顔を見るより早く、押し寄せる気に十兵衛は圧倒された。
ただ者ではない。
やはり、黙って帰してはもらえぬのか――。
嚢中無一文で無謀な真似をしたと、悔いても遅い。

茫然《ぼうぜん》とする十兵衛の耳朶《じだ》を打ったのは、聞き慣れぬ言葉。
何を言っているのか分からぬが、甘い響きである。
「オー、タフガイ」
(女……なのか?)
初めて間近で接した異人の女は、華やかそのものだった。
着ているのが羽衣もかくやといったばかりに、あでやかなだけではない。
顔の造りも白い肌も、日の本の女とはまるで違う。
溶かした金に絹糸をひたしたかの如き髪にも、見惚《みと》れずにはいられない。
それでいて、貫禄は尋常ではない。
体つきも華奢《きゃしゃ》ではなく、どちらかといえば、がっちりしている。
十兵衛を見やる青い目も、力強い光を帯びていた。
異人の歳はよく分からぬが、娘と呼べる世代ではない。
顔はきれいだが、手は少々荒れていた。
あるいは、自ら家事もやっているのか。
興味津々といった瞳に射すくめられ、十兵衛は動けずにいた。

そこに声をかけたのは、若い清国人。

「ボス……ヒー、イズ、ア、コンフェクショナー」

「オー、グッド・タレント、ケイム」

何を言っているのか分からぬが、とりあえず笑っているので安心か。

そう思っていたものの、美しい女社長はやり手だった。

案の定、十兵衛はその屋敷でしばらく働かされる羽目になったのだ。

四

社長の名前はエルザ・ハインリヒ。

アメリカから渡航し、横浜に商会を構えて一年半。

先祖は欧州の大陸の出で、貴族の流れを汲む名家らしい。

大層な出自でありながら、エルザは大の甘いもの好き。

手が荒れ気味なのも、菓子だけは自ら作るからだ。

そんな女社長が闘技場に飛び入りし、騒ぎを起こした十兵衛を懲らしめるつもりが厚遇したのは、甘味屋と知ったため。

通詞で護衛も兼ねる王《ワン》をお目付《めつけ》役として、商会の仕事を手伝わせる一方で屋敷に置き、料理係とお菓子係を任せたのだ。

闘技場で騒ぎを起こした謝罪と思えば、給金をくれとは言うまい。

外国人の暮らしを見聞し、洋菓子を作る手がかりを得られると思えば、こちらが逆に礼をしたいぐらいであった。

とはいえ、現実は厳しい。

十兵衛が供する菓子は、ことごとくウケなかった。

料理はそれほど不評を被らなかったが、和菓子ばかりはどうにもならない。

今夜の食後に用意したのは、チンピンのあんこ添え。

使った小豆は、王が清国人の営む乾物屋で買ってきてくれたもの。

材料はいずれも申し分なく、屋敷で使っている水の質も悪くない。

むろん、腕前も自信十分だった。

にもかかわらず、エルザは一口で美人も台なしの渋い顔。

「だめ、だめ、だめ！　こんなまずいもの、だれがたべるの！」

十兵衛が英語を覚えるより、日本語の上達が早い。

「……そーりー、ぼす」

「へたなのはおかしづくりだけにしときなさい、ジュウベエ」

「…………」

返す言葉もなかった。

十兵衛の自信を喪失させたのは、エルザだけではない。

もう一人の、ちいさな王女にも毎日責められていた。

「ノッデリシャス！」

まずいと叫びざまに皿をひっくり返したのは、ジェニファー。

今年で三歳になる、エルザの娘だ。

見た目も声も天使の如く可愛らしいが、遥かに智音のほうが扱いやすい。

文句は言うが、あの子は食べ物を粗末にしないからだ。

もっとも、世の中は良くできている。

母娘が残した食事は、十兵衛の口に入る。

押し付けられたわけではない。

外国人の食の嗜好《しこう》を知る上で、学ぶところが多かった。

十兵衛なりに確かめたところ、ぱさぱさした味を好まないらしい。

あんこが嫌われるのも、しっとりしているようでいて、水気が足りぬからだ。

そんな異国の母娘から、十兵衛はおすすめの西洋菓子を振る舞われた。

仕事を早く終えて戻ったエルザが自ら台所に立ち、こしらえてくれたのは不思議な焼き菓子だった。

「パン・デ・ローだよ。ほんとはおいわいのものだけど、ジュウベエにはおいしいのをたべさせないとわからないから、やいてあげた。かんしゃしろ」

「かたじけない」

感謝の礼をしながらも、十兵衛は不思議だった。

丸いかすてらといった外見だが、固さがまるで違う。

水気がほとんど無くなるまで焼き上げるのではなく、なぜか半生だった。

「かすてらとは違うのか？」

「あれじゃたまごがたりないよ。このぐらいにしなけりゃ、おいしくないだろ」

「成る程……」

十兵衛は納得した。

たしかに、エルザは惜しげもなく卵を使っていた。

少なくとも、六個は入れたはず。それほど卵をふんだんに、それも黄身のところを念入りに練ったのを、泡立てた白身と小麦粉の生地でくるんで焼き上げたのだ。

焼き上がりが半生なので、それほど日持ちはするまい。

だが、これでいいのだ。

焼きたての菓子は、家族ですぐに食べてしまうために供される。

半生でふるふるしていては、切り分けるのもままならなかった。

どうするのかと思いきや、エルザはさじを持ってきた。

銀の高価なものである。

まずは自分が一本取り、ジェニファー、王、そして新入りの十兵衛に配る。後はめいめいがさじを伸ばし、好きにすくって食べて良かった。

エルザは相手が白人でなくても軽んじず、共に食事するのも気にしない。なればこそ半生のかすてらとも言える焼き菓子を一緒に楽しめたのだ。

切り分けるのは難しいため等分し、家長から順に供するというわけにはいかないだろうが、何とも甘くて美味しい。

日の本の民が好まぬ牛の乳は使わないので、笑福堂で作れぬこともない。

こんな西洋菓子もあると知ったのは、十兵衛にとって大きな発見。

所変われば品変わるとは、よく言ったものだ。

日の本にも増して、外国人は家族の絆《きずな》を大事にしている。

晴れの席に限らず、膳もそれぞれに分けることなく、大きな卓でまとまって食事をするのが常だった。

なればこそ毎食後に自家製の焼き菓子を、こうして家族で楽しめるのだろう。

それにしても、ここまで濃厚な甘味を口にしたのは初めてだった。

ジェニファーが夢中で食べているのを見れば、美味いのは分かる。

お相伴に与った王も、黙々とさじを動かしている。

もとより顔形は似ていないが、仲良く並んだ様は兄と妹のようだった。

十兵衛に憎まれ口を叩いてばかりのジェニファーも、王には聞き分けがいい。

夫と別れたエルザを支え、赤ん坊の頃から世話してきたからでもあるのだろう。

一口に外国人といっても、さまざまな家族がいるもの。

最初は戸惑うばかりだった十兵衛も次第に馴染み、西洋菓子の作り方もエルザが手空きのときに教えてもらい、身に付けていった。

商会には、裏の稼ぎもある。

といっても、あくどい真似をするわけではない。

むしろ逆で、値を上げるために倉庫にまとめて隠しているのを頂戴したり、廃棄しようとするのを横から奪ったりと、悪徳商人の上前を撥《は》ねるのが基本だった。

邪魔立てするのを蹴散らすのも、王と十兵衛には容易いこと。手に入った品々はエルザが売りさばき、分け前もきちんとくれるので申し分ない。

西洋菓子の作り方を覚え、仕入れの元手も貯《た》まってきた頃、十兵衛は思わぬ伝手を手に入れた。

きっかけとなったのは、借金の取り立て代行。

立場の弱い、日の本の同朋たちを痛め付けたわけではない。

エルザに助けを求めてきたのは、近在の農村の名主たち。

相手は山ほど荷を買い付け、沖で停泊中の船に積み込んでおきながら、手付けを払っただけで残金を精算せずにいる、悪辣《あくらつ》なイギリス人の船長だった。

「いとをひいてるくろまくは、しゃんはいにいるんだよ」

「上海とな？」

「せんちょうをふねごとやとって、こっちにおくりこむのさ。あくどいまねをするのもまいどのことだよ」

「成る程な、雇われ者の手先に過ぎぬということか……」

そんな事情を聞いたところで、十兵衛の胸は痛まない。

金を儲けるために才覚が必要なのは、洋の東西を問わず変わらない。

雇われ船長となれば尚のこと知恵を働かせ、より高い値で売れそうな品をできるだけ安く手に入れ、自分の取り分を増やそうと策を巡らせるのも当たり前だ。

だが、度が過ぎる真似をされては困る。

「あいつらは、おまえたちをおなじにんげんとはおもっていない。ことばをはなさるみたいなものだと、いつもわらってるのはきづいていただろう？」

「……察してはおったが、はっきり言われては面白うない」

「あまいよジュウベエ。これからにほんにひつようなのは、あたしたちのほんねをしったうえで、うまくつきあうことだ」

「かたじけない。肝に銘じておこうぞ」

十兵衛は苦笑を収め、エルザに明るく微笑み返す。

きついことを言われてもすぐ気を取り直すことができるのは、この女社長は黄色人種を軽んじていないと承知していればこそ。

さもなくば十兵衛はもとより、王とも一緒に食事をするはずがない。

その夜もしっかり腹拵《はらごしら》えを済ませた上で、十兵衛は取り立てに乗り出した。

王と連れ立って向かった先は、運上所近くの横浜ホテル。

この港町で唯一の、外国人のために設けられた宿屋である。

派手に騒ぎを起こすつもりはない。

正面から乗り込まず、窓から部屋に忍び込んだのは、ホテルに迷惑をかけることなく船長と話を付けるため。

好んで手荒な真似をするつもりもなかったが、相手が挑んでくれば話は違う。

二人の前に立ちはだかったのは、船長の護衛を兼ねた航海士。

エルザの闘技場へ小遣い稼ぎにやって来る船乗りたちと違って、細身で雰囲気も上品な男である。

腕力の強さではなく、巧みな得物さばきで勝負する手合いとすぐに分かった。

「……それが南蛮の剣か」

サーベルを向けられながらも、十兵衛は冷静。

部屋に駆け付けた船員たちは王に任せ、迫る航海士を迎え撃つ。

幸いなことに、部屋の隅には大小の刀が置かれていた。

外国人相手の古道具屋で買い求めたと思しき安物だが、刃さえ付いていれば得物とするのに不足はない。

真っ先に隠しておくべきだったのに、船長も航海士も詰めが甘いものだ。

鋭い刺突をかわしざまに、十兵衛は二刀を引っつかむ。

鞘を払い、柄を握る。

速攻で突いてくるのを左手の脇差で防ぎながら、右手の刀で斬り付ける。

鋭い金属音に続き、ずんと鈍い音が上がった。

相手の命まで奪ったわけではない。

刀でサーベルを打ち砕きざまに間合いを詰め、柄頭でみぞおちを突いたのだ。

「オー、ノー」

頼りの用心棒を悶絶させられ、船長はおびえるばかり。

そこに白刃を突き付け、十兵衛が書かせたのは一通の書状。

雇い主である上海の交易商に、送金を乞わせるためだった。

通訳したのは王である。

生糸を初めとする日の本の産物を買い付け、海の向こうに運んで儲けるのは勝手だが、払いが済むまで出港はさせられない――。

腕に覚えの拳法で雑魚《ざこ》どもを一掃した後、汗ひとつ掻かぬまま、流暢《りゅうちょう》にして淡々とした英語で船長を説き伏せたのだ。

ただの脅しと違うのは、王と十兵衛を見れば察しが付こうというもの。

かくして一件が落着した後、エルザは近在の大名主を紹介してくれた。

船長に騙《だま》され、生糸を巻き上げられて難儀していた依頼人である。

エルザは王を間に入れて交渉し、取り立ての報酬をまけてやる代わりに、名主の村が横浜の居留地に納めている、食料の一部を十兵衛に廻してやってほしいと頼み込んでくれたのだ。

「おまえがひつようなのは、たまごとこむぎだろう？　どっちもすきなだけわけてくれるそうだ。じゃまがはいらぬようにてをうっておくから、あんしんしろ」

「まことか、ボス!?」

「うたがうのなら、ためしてみろ。おまえのことはつたえてある」

「構わぬのか」

「そろそろえどにかえりなさい。おくがたとこども、まっているのだろう」

「かたじけない……衷心《ちゅうしん》より、礼を申すぞ」

「ちゅうしん？　それ、なに」

「心から、真心を込めてということだ。大名家と商いをいたすときに使えば、日本の言葉をよく知っていると思うてくれるだろう」

「おぼえておこう。おまえのおかげで、だいぶことばがわかってきた」

「俺もだ、十兵衛。また何かあれば、いつでも横浜に来い」

かなり日本語が上達した王も、温かく送り出してくれた。

「タフガイ、バイバイ」

あれほどどきつかったジェニファーも、別れ際はまさに天使の如く可愛かった。

みやげは当座の商いに十分な元手と、仕入れの伝手。

江戸を目指す、十兵衛の足の運びは軽い。

もちろん、すべてはこれからである。

伝手ができたからといって、安心はできない。

横浜の近郊から江戸まで、鶏卵と小麦を毎日運ばなくてはならないからだ。

仕入れの元手は十分だが、問題は輸送の手段。

一番の懸案は、江戸に戻って早々に信義を訪ねたことで解決した。

「神奈川奉行とは昔馴染みじゃ。その女商人の顔も利くのだろうが、儂からも釘を刺しておく故、安堵せい」

「まことですか、ご隠居さま？」

「その代わり、エルザとやらに一度会わせてくれぬか。そなたの話によると巴御前《ともえ》のようであるが、儂はそういうおなごが昔から好きなのでな。異国の女丈夫ならば是非とも会うてみたいぞ。はははは」

「ご冗談を。あちらには、幼い子どもがおりまするぞ」

「これ、恐い顔をいたすでない。目の保養をさせてくれれば、それで良いのじゃ」

そう言って、荷駄の手配をしてくれたのだ。

さしもの和泉屋仁吉も、今度ばかりは妨害ができなかった。

十兵衛が入手できるようになったのは、外国人居留地向けの食品の一部。

しかも表向きはエルザの商会で一度買い上げ、十兵衛の許にもたらされる。

下手に難癖を付ければ、外国人と争う羽目になるのだ。

治外法権の相手と悶着《もんちゃく》を起こすなど、愚の骨頂。

さしもの仁吉も引き下がり、十兵衛は安心して菓子作りに専念できた。

最後の難関は智音であった。

果たしてジェニファーのように、嬉々として食べてくれるのだろうか。

そんな不安を抱えつつ、最初の一枚を焼き上げたのだ。

「どうぞ、召し上がってくだされ」

パン・デ・ローを基に作り上げた、入魂の半生かすてらを、十兵衛は遥香と智音に謹んで供する。

この試食が上手く行かなければ、客には出せない。

固唾《かたず》を呑んで、十兵衛は答えを待った。

「まぁ、美味しいこと……何とも優しい味がするのですねぇ」

一口でうっとりした面持ちになる遥香に対し、智音はむっつり黙ったまま。

それでいて、木製のさじを動かす手は止まらない。

口の周りをクリームだらけにしながら、夢中でぱくぱく頬張っている。

言葉にしてくれなくても、十分すぎる反応だった。

「智音……さま……」

見守る十兵衛は感慨無量。これまでの苦労が一気に報われた想いであった。

五

十兵衛が売り出した西洋菓子は、たちまち評判となった。

「美味え、美味えなぁ」

「これなら幾らでも腹に入っちまわぁな。おかみさん、もう一皿くんな！」

松三に連れてこられても甘いものを食べようとせず、ところてんでお茶を濁していた松三の弟分たちも、こぞって注文してくれる。

鶏卵と小麦の仕入れさえ滞らなければ、幾らでも作り続けられそうだった。

この焼き菓子ならば、西洋かぶれと揶揄《やゆ》される余地などあるまい。

笑福堂を見守る人々は誰もがそう見なしていたが、十兵衛に対して悪意しか抱かぬ連中の反応は違った。

ひとまず手を引いた、和泉屋仁吉ではない。

国許から差し向けられ、命を狙う刺客が一計を案じたのだ。

攘夷を叫ぶ志士たちは、菓子であろうと洋物を毛嫌いしている。

ならば彼らになりすまして笑福堂に堂々と斬り込み、十兵衛はもとより、遥香と智音も斬ってしまえばいいではないかと企んだのだ。

手を下したのが志士らしいとなれば町奉行所はむろんのこと、目付も調べるのを控えざるを得ないはず。

今や諸藩の浪士だけにとどまらず、直参の間にも攘夷の気風は確実に拡がりつつある。甘味屋殺しを捕らえてみたら旗本だったというのは問題だけに、最初から手を抜き、うやむやにしようとするであろう。

血気盛んな旗本か御家人を装って襲撃すれば、まず足はつくまい。

謀殺と疑う者など、出ては来ないはず。

そう確信した上で、刺客の一団は夜更けの新大橋を目指した。

総勢十名で徒党を組んで行動したのは、笑福堂を襲ったのが旗本の子弟らしいと周りに印象づけるため。

今年から橋のたもとに番所が置かれるようになったのも、好都合。

「まこと、西洋かぶれは気に食わぬ……」

「思い知らせてやらねばなるまいぞ……」

番人の記憶に残るように、わざと声高く話しながら大川を越えていく。

いずれも髪は月代の剃り幅が狭く、髷《まげ》は目立って大きい講武所《こうぶしょ》風。

幕府直轄の武芸調練場で流行っているのは、髪型だけではない。

刀の鞘《さや》が邪魔にならない、裾割れの羽織は麻。

綿袴の生地は安価な輸入品ではなく、昔ながらの真岡《もおか》木綿。

白足袋《たび》に黒鼻緒の下駄を突っかけ、腰の大小は白柄朱鞘《しろつかしゅざや》。

柄も鞘も並より長く、とりわけ鞘は長くて太い。講武所通いの若い旗本は鎌倉の昔の太刀を模し、刀身がやたらと長い新々刀を好んで帯びているからだ。

変装に抜かりはなく、下緒《さげお》にまで凝っていた。

白と紺の二色を打ち交ぜた組み紐《ひも》は、成績の優秀な者や皆勤者にのみ賞品として配られる、講武所の特製品。さすがに本物は手に入らぬが、同じものを付けたがる輩が多いため、模造の品が出回っているので困りはしない。

笑福堂が見えてきた。

半数が表に、残りは裏に回る。

裏の路地に入る木戸は戸締まりがしてあるが、わざわざ忍びまがいの真似をして乗り越えるまでもない。

「西洋かぶれの甘味屋に天誅《てんちゅう》を下しに参った……邪魔立ていたさば、うぬも斬って捨てるぞ」

番小屋の親爺《おやじ》を脅しつけ、木戸を開けさせる。

こちらも後で生き証人になってもらうため、命は奪わない。

「ふっ、運の良い奴だ」

「な、何ぞ仰せになりましたか？」

「こちらのことじゃ。事が済むまで、大人しゅうしておれよ」

おずおずと問うてきた親爺を黙らせ、刺客たちは路地に入り込んだ。

勝手口に心張り棒はかかっていない。

そっと戸を開け、まずは一人が土間に踏み入る。

刹那、首筋に手刀の一撃。

崩れ落ちたのを踏み越え、十兵衛は路地に出た。

「刺客にしては殺気が強すぎようぞ、おぬしたち……」

淡々と告げる十兵衛は、迫る一団の存在に気付いていた。

常の如く気配を殺したまま、大挙して侵入されていれば、今宵ばかりは危なかったかもしれない。西洋菓子を求める客への対応で連日働きづめのため、遥香はもとより十兵衛も深く寝入っていたからだ。

そんなところに天誅を装って襲撃したのは、敵の落ち度。

大義名分を掲げ、わざと目立つように振る舞ったのが災いし、先ほどから殺気がだだ漏れになっていたのである。

「これより先には立ち入らせぬ……表に居る者どもにも、左様に伝えよ」

「ほざくでないわ、この不義者め！」

刺客の一人が言い放つ。

「御上に逆らい、御国御前を連れ去りし痴れ者が、どの口で物を言うかっ」

「痴れ者なのは、おぬしらであろう」

動じることなく、十兵衛は言葉を続ける。

「御前さまを亡き者といたし、姫さままで空《むな》しゅうせんといたすは悪鬼の所業。俺の目が黒い限り、許しはせぬぞ」

「黙れ、不義者っ」

ぐわっと刺客が斬りかかる。

かわしざまに、十兵衛の投げが決まった。

しかし、敵は屈しない。

取り落とした刀に替えて、右手で脇差を抜き放つ。

腕を砕かれたというのに、大した胆力《たんりょく》の持ち主であった。

こたびの刺客は、数が多いだけではない。

いずれも腕が立つ上に、肝も据わっている。そうでなければ、剣客の生命である左腕を使えなくされていながら、立ち向かっては来られまい。

「ヤッ」

脇差の一撃が十兵衛を襲った。

脳天を見舞った斬撃には、柄を握った小指と薬指を締め込むことにより、一刀の下に斬割する勢いが乗っている。

まともに受ければ、たちどころにやられてしまっていただろう。

「く！」

とっさに十兵衛は後ろに跳ぶ。

路地から勝手口へ、背中から跳び入ったのだ。

脇差の刃が、どっと板戸を斬り割る。

がら空きになった胴を目がけて、十兵衛は正拳突きを叩き込む。

たまらずに悶絶したのを押し退《の》け、再び路地へと出て行く。

「おのれっ」

二人目が勢い込んで斬りかかった。

見れば、鞘に対して刀身が短い。講武所風に装いながらも、鞘の内はふつうの刀だったのだ。

長すぎる刀身はただでさえ扱いにくく、持て余しがちなもの。まして、狭い場所では鴨居《かもい》や壁に切っ先が引っかかり、自滅の元になるのがオチである。重ねがさね抜かりのない連中であった。

「どうした小野？　得意の抜刀術を見せてみよ」

嵩《かさ》にかかった刺客が、ずんずん迫り来る。

すでに四人を倒していたが、この強気な男を含め、まだ六人も残っている。

対する十兵衛は孤立無援。

勝手口を死守すべく、苦しい戦いを強いられていた。

「それ！」

しゃっと刃が鼻先をかすめる。

鋭い剣風に一瞬、目がくらむ。

その隙を突き、返す刃が十兵衛に迫る。

辛うじてかわした刹那、左手にひやりとした感触。

続いて覚えたのは激痛だった。

かすめた刃先が、人差し指をえぐっていたのだ。

見切りがさらに甘ければ、刃は骨まで達していただろう。
辛うじて軽傷で済んだものの、出血はおびただしい。
とっさに唇を当てて吸うや、口中に苦みが拡がる。
いつまでも片手を塞いではいられない。
敵は余裕で刀を取り直し、正面から突きを見舞ってくる。
退くか、出るか。十兵衛が選んだのは後者だった。
地を蹴って跳び、臆することなく体当たりをぶちかます。
奪った刀を手にしたのは、無意識の為せる業。
わが身を、そして預かり者の母娘を護らんとする一念ゆえのことだった。
「ぐわっ……」
苦悶《くもん》の声を上げて、刺客が崩れ落ちる。
血にまみれた手を、十兵衛は茫然と見詰める。
とうとう人を斬ってしまった。
菓子を作り、子を育てる手で、命を断ってしまったのだ。
いつまでも感傷を覚えてはいられない。

残る五人が、じりじりと迫る。

抜き連ねた刃は鋭い。その痛みを、十兵衛は知っている。

左手からの出血は、まだ止まりそうになかった。

戦いも、これからが正念場。

この五人を倒したところで、国許からの追撃は止むまい。

明日の見えない日の本の情勢をよそに、家中のつまらぬことのために、いつまで人をもてあそぶのか。

元凶に怒りをぶつけたくても、今は目の前の敵を制するのが先だ。

「覚悟せい、不義者っ」

「さに非ずっ」

怒号と刃音が交錯した次の瞬間、どっと刺客が倒れ込む。

「どこからなりとかかって参れ！」

小野十兵衛、二十七歳。

甘い菓子を作る手で、人を斬らねばならない宿命を自らに課した男。

幕末の動乱をよそに、預かり者の母娘を護っての戦いは終わらない。

この作品は書き下ろしです。

甘味屋《かんみや》十兵衛《じゅうべえ》子守《こも》り剣《けん》

牧秀彦《まきひでひこ》

平成24年6月15日　初版発行
平成24年6月30日　2版発行

発行人——石原正康
編集人——永島賞二
発行所——株式会社幻冬舎
〒151-0051東京都渋谷区千駄ヶ谷4-9-7
電話　03(5411)6222(営業)
　　　03(5411)6211(編集)
　　　振替00120-8-767643
印刷・製本—株式会社 光邦
装丁者——高橋雅之

万一、落丁乱丁のある場合は送料小社負担でお取替致します。小社宛にお送り下さい。
定価はカバーに表示してあります。

幻冬舎時代小説文庫

ISBN978-4-344-41879-0　C0193　　ま-27-1